FINNY LUDWIG

Knistern im Herbstlaub

FSC
www.fsc.org
MIX
Papier aus verantwortungsvollen Quellen
Paper from responsible sources
FSC® C105338

Impressum

Bibliografische Information der Deutschen Nationalbibliothek: Die Deutsche Nationalbibliothek verzeichnet diese Publikation in der Deutschen Nationalbibliografie; detaillierte bibliografische Daten sind im Internet über http://dnb.dnb.de abrufbar.

Lektorat: Sabrina Cremer | textwerkstatt.org
Korrektorat: SF Korrektorat
Coverdesign: Mela Wagner | www.restart-story.com
Bildrechte: Shutterstock, Canva

Finny Ludwig wird vertreten durch
finNY Books, Eschenweg 6, D-72535 Heroldstatt
www.finny-ludwig.de | info@finny-ludwig.de

ISBN: 978-3-75924-333-1

Herstellung und Druck über tolino media GmbH & Co. KG, Albrechtstr. 14, 80636 München. Printed in Germany. Fragen zu Produktsicherheit an: gpsr@tolino.media.

Knistern
im
Herbstlaub

FINNY LUDWIG

Buch

Als Inger sich am Ende ihres Arbeitstages erschöpft in der Notaufnahme des Krankenhauses wiederfindet, weiß sie, so kann es nicht weitergehen. Sie hat doch nicht die letzten zwei Jahre all ihre Kraft, ihre Zeit und ihre Energie in diesen Job investiert, um nun schon wieder bei einer Beförderung übergangen zu werden. Ihr Arzt verordnet ihr dringend Ruhe und Abstand, um wieder zu Kräften zu kommen. Ein Glück, dass Ingers beste Freundin Agnetha ihr anbietet, zwei Wochen im Ferienhaus ihrer Familie im beschaulichen Lillaström zu verbringen – dem perfekten Ort, um abzuschalten und um sich über so manche Dinge klar zu werden. Zu dumm nur, dass Agnethas Bruder die Unterkunft schon seinem Freund Mats versprochen hat und Inger bei ihrer Ankunft eine Überraschung bevorsteht.

Mats weiß, er muss über Frida hinwegkommen. Diese zweijährige On-Off-Beziehung mit ihr führt zu nichts, außer zu noch mehr Herzschmerz. Bisher hat er ihr jedes Mal die Tür geöffnet, wenn sie angeklopft hat. Doch nicht dieses Mal. Sie hat ihn betrogen und er endgültig die Nase voll von ihr. Ein Glück, dass sein bester Freund Mika ihm anbietet, ein paar Tage im Ferienhaus seiner Familie unterzukommen. Sich zu verkriechen, klingt nach einem guten Plan. Dummerweise scheint er nicht der Einzige zu sein, der sich auf den Weg nach Lillaström gemacht hat. Schon kurz nach seiner Ankunft steht er Inger gegenüber und mit dieser Frau wird er unter keinen Umständen unter einem Dach leben. Nicht nach diesem schrecklichen Date mit ihr …

Für Jane, Mela, Emma und Belinda.
Vielen Dank, dass ich Teil der großartigen
»Liebe auf Schwedisch«-Reihe sein durfte. Es war eine
wunderschöne Zeit mit euch, in der wir uns
gemeinsam nach Lillaström träumen durften …

Hinweis: Die Schweden sind der tiefen Überzeugung, dass alle Mitglieder ihrer Gesellschaft gleich sind. Seit den 1960er und 70er Jahren pflegen sie daher die »Du«-Kultur. Das bedeutet jedoch nicht, dass sich alle gleich mit dem Vornamen ansprechen.

KAPITEL 1
Inger

Das hektische Auf- und Abgehen meiner Freundin Agi im weißgefliesten Behandlungsraum des Krankenhauses hätte beinahe etwas Amüsantes, wäre die Situation eine andere. Ich weiß, sie macht sich nur Sorgen um mich, aber wenn sie nicht langsam damit aufhört, läuft sie noch Furchen in den hässlichen grau-blauen Vinylboden, der seine besten Tage schon hinter sich hat.

»Agnetha Bergman«, spreche ich sie formell an. »Jetzt beruhige dich endlich. Mir geht es gut und die Krankenschwester sagte doch, dass der Arzt gleich zu uns kommt. Du wirst sehen, mir fehlt nichts. Ich hatte einfach nur ein paar anstrengende Tage.« Ich lächle und deute zum Infusionsbeutel, der an dem Ständer neben mir befestigt worden ist und dessen Inhalt meinen Körper mit neuer Kraft versorgt.

Sie erwidert meinen strengen Ton. »Du hast leicht reden, Inger Sadlow. Hast du eine Ahnung, wie viel Angst du mir gemacht hast?« Sie kommt auf mich zu und setzt sich an den Rand der Krankenliege. »Ich jedenfalls will meine beste Freundin nicht noch einmal vom Fußboden aufsammeln müssen. Tu mir so etwas bitte nie wieder an.«

Ihre Sorge rührt mich und verdeutlicht mir einmal mehr, wie wichtig sie mir ist und wie viel sie mir bedeutet. Die Freundschaft zu ihr hat mir schon über so manchen Kummer hinweggeholfen. Mit Agi kann ich Lachen, Weinen, Blödsinn machen und das Leben genießen. Wobei Letzteres in den vergangenen drei Jahren eindeutig zu kurz gekommen ist. Ich habe so viel Zeit in meinen Job investiert, nur um jetzt herauszufinden, dass sich die Investition nicht gelohnt hat. Mehr noch: Am Ende bin ich hier gelandet – in der Notaufnahme des Krankenhauses. Ich schüttle mich, als ob ich so die Erinnerung an meinen kleinen hysterischen Nervenzusammenbruch vor knapp zwei Stunden in Agis Laden loswerden würde.

»Ich habe nicht vor, jemals wieder dermaßen die Kontrolle über mich zu verlieren. Es war nur ein verdammt anstrengender Tag und ich brauche dir sicher nicht zu erzählen, was der Grund dafür war.«

Jetzt ist es an Agi, mir ein mitfühlendes Lächeln zu schenken. »Du hast es mir erzählt. Immer und immer wieder.«

»Ach ja?« Seltsam, ich kann mich nicht daran

erinnern. Ich weiß nur noch, wie ich in den Laden stürmte, um Agi mein Leid über die Ungerechtigkeit meines Chefs zu klagen. Kurze Zeit später öffnete ich die Augen und blickte in ihr entsetztes Gesicht.

»Du hast bestimmt fünf Minuten lang getobt und gezetert, ehe dir die Kraft ausging und du es dir auf meinem Fußboden bequem gemacht hast. Ein Glück nur, dass ich noch deinen Arm greifen konnte, sonst wärst du mit dem Kopf voran auf dem Boden aufgeschlagen.«

»Wenigstens kann es heute nicht mehr schlimmer kommen.«

Seufzend klopft sich Agi mit den Fingerknöcheln an den Kopf. »Sag doch bitte nicht so etwas.«

»Seit wann bist du abergläubisch?«

»Ich bin nicht abergläubisch. Aber ich denke, man sollte sein Glück nicht überstrapazieren. Und du hattest heute verdammt viel davon.«

»Ich würde eher sagen, dass der Tag durchwachsen war. Vergiss nicht: Bevor ich das Glück hatte, dass du mich und meinen Dickschädel vor größerem Schaden bewahrt hast, lief es für mich nicht so rosig wie erhofft.« Allein bei der Erinnerung an mein letztes Meeting am Nachmittag beschleunigt sich mein Puls.

»Kein Job der Welt ist das wert. An deiner Stelle hätte ich schon längst gekündigt. Das wievielte

Mal wurdest du nun schon bei einer Beförderung übergangen? Das dritte Mal?«

So direkt zu hören, dass man nicht nur einmal bei einer verdienten Beförderung übergangen worden ist, schmerzt. Ein Reflex verleitet mich dazu, mir an die Brust zu fassen und zu seufzen. Ein Fehler, denn Agi springt augenblicklich auf und greift nach meiner Hand.

»Inger, ist alles okay?«

»Ach, Agi. Wie du schon sagtest, ich wurde zum dritten Mal bei einer Beförderung übergangen, gönn mir doch ein wenig Theatralik.« Wenigstens habe ich meinen Humor nicht verloren, obwohl ich weiß, dass meine Freundin das eben sicher nicht so lustig gefunden hat wie ich. Sie zwingt sich dennoch zu einem Lächeln.

»Ich will nur, dass du auf dich aufpasst und dir Ruhe gönnst.«

»Da bin ich ganz deiner Meinung.« Eine tiefe Männerstimme hallt von den gekachelten Wänden des Raumes wider und ich bemerke einen kleinen Mann, der das Krankenzimmer betritt. Ich erkenne sein rundliches Gesicht und seine schwindende Haarpracht wieder. Es ist der Arzt, der mich bei meiner Ankunft untersucht hat.

»So, meine liebe Inger. Wie fühlst du dich?«

Er zieht einen kleinen Hocker aus der Ecke, setzt sich und rollt zu mir an die Liege. Im Gegensatz zu dem typischen Krankenhausgeruch, der mich in der Nase beißt, riecht er angenehm nach Seife. Sein freundliches Lächeln wirkt aufrichtig und ich meine entdeckt zu haben, dass es sich bei dem kleinen braunen Fleck in seinem Gesicht nicht um ein Muttermal, sondern um Schokolade handelt.

»Mir geht es gut. Ich bin nur müde und vielleicht ein wenig erschöpft.«

»Darf ich offen reden?« Sein Blick wandert zu Agi.

»Ich kann draußen warten, wenn du möchtest.« Agi deutet zur Tür und steht auf.

»Quatsch, bleib ruhig hier. Alles, was Dr. Eriksen mir sagen wird, werde ich dir nachher sowieso erzählen.«

»Nun denn.« Der Arzt schlägt seine Beine übereinander. »Du sagtest mir vorhin, dass du einen stressigen Job hast und dass dein Tag nicht unbedingt nach deinen Vorstellungen verlief.«

»Ja, richtig.«

»Es ist aber nicht nur dieser eine Tag, Inger. So wie ich das sehe, mutest du dir schon seit langer Zeit zu viel zu. Deine Blutwerte zeigen einen erhöhten Cortisol-Spiegel, gleichzeitig hast du eine verringerte Anzahl an Immunzellen. Du leidest an einem Serotoninmangel und auch dein Melatoninspiegel ist nicht im Normbereich.«

»Da gibt es doch sicher ein paar Tabletten, die

ich einnehmen kann?« Ich habe die Frage kaum ausgesprochen, da wird mir bewusst, wie dämlich das klingt. Als ob ein paar Pillen meine Probleme lösen würden.

»Du sagtest, du bist müde und ausgelaugt. Noch dazu dein Zusammenbruch. Inger, deine Symptome deuten leider auf einen schleichenden Burn-out hin.«

Mir wird mit einem Mal speiübel. Burn-out? Ich? Das kann doch nicht sein.

Dr. Eriksen verschränkt die Arme vor der Brust und sieht mich eindringlich an. »Wenn du nicht umgehend etwas in deinem Leben änderst, um das Schlimmste zu vermeiden, werden wir uns in naher Zukunft wiedersehen.«

Ich weiß, er hat recht und ich muss dringend etwas in meinem Leben ändern. »Was soll ich denn deiner Meinung nach tun? Ich kann doch nicht einfach meinen Job kündigen. Wovon soll ich leben?«

»Vielleicht bedarf es gar nicht diesen drastischen Schritt. Gönne dir eine Auszeit. Ein wenig Ruhe, um deine Situation zu überdenken. Mit ein bisschen Abstand triffst du sicher die richtige Entscheidung für dich. So kann es nicht weitergehen. Wie viele Meetings hattest du heute?«

»Sechs.« Seltsam, dass ich so etwas weiß.

»Und was hast du gegessen und getrunken?«

Es bringt nichts, ihn anzulügen. »Drei Schokoriegel und fünf Tassen Kaffee.«

Er zückt einen Notizblock, kritzelt etwas darauf und reicht mir das Blatt. »Das ist die Telefonnummer und die Adresse meines Lieblingsrestaurants. Deine Freundin hat es nach den turbulenten Stunden heute verdient, dass du sie zu einem köstlichen Dinner einlädst. Und ganz nebenbei wird es auch dir guttun.« Auffordernd streckt er mir seine Hand entgegen. »Würdest du mir bitte dein Handy geben?«

»Mein Handy?« Noch während ich mich rückversichern will, mich nicht verhört zu haben, reiche ich ihm mein Telefon – ganz selbstverständlich. Immerhin ist er mein Arzt. Die Erkenntnis, dass ich der Aufforderung des Gottes in Weiß bedingungslos Folge leiste, lässt mich schmunzeln.

»Ärztliche Anordnung. Das Ding lässt du für den Rest des Tages bitte ausgeschaltet.«

»Aber, wenn …«

»Ich sagte doch, ärztliche Anordnung.«

Zu meiner Verwunderung gibt er das Handy Agi, die er damit beauftragt, es für diesen Tag zu verwahren.

»Bliebe nur noch die Sache mit der Erholung. Glaube mir, Inger, darauf bestehe ich, solltest du mich in nächster Zeit nicht wieder besuchen wollen.«

Überrumpelt ziehe ich die Augenbrauen nach

oben. Wie meint er das: Erholung? »Soll ich jetzt etwa vier Wochen in die Karibik fliegen?« Nun ja, es gäbe schlimmere Schicksale.

»Du brauchst nicht in die Karibik zu reisen. Suche dir einen Rückzugsort, der dir gefällt und wo du dich wohlfühlst. Wahre Abstand zu deinem Job und bleib dort ruhig ein paar Tage, bis du dir sicher bist, was das Beste für dich ist und was du wirklich willst.«

Das sagt sich so leicht. Ich kenne keinen solchen Ort. Zu meiner Schande muss ich mir selbst eingestehen, dass nicht einmal meine Wohnung dazu zählt, die ich kurz vor Beginn meines neuen Jobs bezogen habe. Dort stehen noch immer volle Umzugskartons herum, weil ich einfach nie die Zeit dafür gefunden habe, sie auszupacken und mein Zuhause wohnlich einzurichten.

»Du siehst unsicher aus. Bitte mache dir keine Sorgen. Natürlich bekommst du eine Krankmeldung. Du musst nur sagen, ob wir sie auf vierzehn Tage oder besser gleich auf vier Wochen ausstellen sollen.«

Ich winke ab, denn mit meinen Resturlaubstagen und den angefallenen Überstunden müsste ich vermutlich bis zum Jahresende nicht mehr arbeiten gehen.

»Vielen Dank, aber ich benötige keine Krankmeldung. Es ist nur … Ich kenne keinen solchen

Ort.« Ein paar Tage bei meinen Eltern zu verbringen, stellen zur Erholung keine Option für mich dar. Außerdem will ich nicht mal daran denken, wie die beiden reagieren würden, wenn sie von meinem Zustand wüssten. Von »Wir haben es dir ja gesagt« bis zu einem vorsorglichen Hausarrest – der natürlich nur der Erholung dienen soll – wäre alles dabei.

»Aber ich.« Agi meldet sich zu Wort. Sie strahlt und wirkt plötzlich ganz aufgeregt. »Ich kenne den perfekten Ort für dich, um abzuschalten und nachzudenken. Und du kannst sofort dorthin aufbrechen.«

Sie kennt den perfekten Ort? Darauf bin ich ja mal gespannt …

KAPITEL 2
Inger

»Guten Morgen, Swantje.« Mein Puls schlägt schneller, als ich den Vorraum zum Büro meines Chefs betrete. Swantje sitzt wieder einmal als perfekte Inszenierung an ihrem Schreibtisch. Ihre langen blonden Haare hat sie zu einem Dutt gebunden, ihr Make-Up ist makellos und ihre vollen Lippen, die unmöglich natürlich sein können, glänzen feurig rot. Sie ist ein absoluter Blickfang und vermutlich hat ihr das auch vor einem halben Jahr geholfen, die Stelle als Management Assistentin zu bekommen. Ihre fachliche Qualifikation konnte es jedenfalls nicht sein, wenn ich beispielsweise an die vielen Fehler in den letzten Firmenrundschreiben denke. Egal, ich mag sie trotzdem.

»Hey, guten Morgen, Inger.« Sie deutet zur Tür. »Falls du zum Chef willst, muss ich dich leider enttäuschen. Er sagte, dass er in der nächsten Stunde nicht gestört werden will.«

Nach einer schlaflosen Nacht und der Erkenntnis, dass sich in meinem Leben etwas ändern muss, bin ich nicht bereit, an der Schwelle dieser Tür aufzugeben. Die Angst, ein weiteres Mal auf Dr. Eriksen zu treffen, ist allgegenwärtig. Auch wenn ich den Arzt sehr nett und sympathisch finde, kann ich auf eine weitere Begegnung verzichten.

Alles, was ich von Jerik Olsson will, sind zwei Wochen Urlaub, was mehr als fair ist in Anbetracht dessen, dass Dr. Eriksen mich sogar vier Wochen krankgeschrieben hätte.

»Das ist schon okay. Er erwartet mich bereits.« Das entspricht zwar nicht ganz der Wahrheit, aber sie führt mich an Swantjes Schreibtisch vorbei. Immerhin war es nicht gelogen, denn ich habe ihm mein Kommen am frühen Morgen schon per Mail angekündigt. Genauso wie er meine Nachricht ignoriert hat, ignoriere ich nun seinen Wunsch, nicht gestört zu werden.

Bevor ich anklopfe, streiche ich noch einmal meine dunkelblaue Stoffhose glatt und ziehe meine weiße Bluse zurecht. Ich nehme einen tiefen Atemzug und all meinen Mut zusammen, klopfe an die dunkelbraune Holztür und warte nicht ab, bis ich hereingebeten werde. Mit durchgestrecktem Rücken und gestrafften Schultern betrete ich das helle Eckbüro meines Chefs.

Wie nicht anders zu erwarten war, lehnt er in seinem teuren Bürostuhl, hat die Beine auf der

Schreibtischplatte abgelegt und hält sein Handy in der Hand. Ich könnte wetten, dass es nicht die Börsennachrichten sind, die er da studiert. Als er mich entdeckt, verfinstert sich sein Blick. Anscheinend komme ich ungelegen.

»Inger, haben wir einen Termin?« Genervt legt er sein Handy zur Seite und nimmt die Füße vom Tisch.

»Ich hatte mein Kommen per Mail angekündigt.«

»Du weißt genau, dass sich Swantje um die Terminvergabe kümmert.«

Bei seiner üblen Laune frage ich mich, ob Dr. Eriksen nicht besser auf eine Auszeit von *ihm* hätte bestehen sollen.

»Und dennoch stehe ich hier, weil ich etwas Wichtiges mit dir zu besprechen habe.«

»Falls du eingeschnappt bist, weil nicht du, sondern Gunnar Dahl gestern zum Bereichsleiter ernannt wurde, dann muss ich dich enttäuschen. Ich habe meine Entscheidung getroffen.«

Eingeschnappt? Ich bin angepisst, stinksauer und enttäuscht. Ehe die Emotionen aber wieder überhand gewinnen, fokussiere ich mich auf mein eigentliches Anliegen und atme noch einmal tief durch.

»Ich würde deine klugen Entscheidungen niemals anzweifeln.« Ups, wo kam denn der fiese Seitenhieb plötzlich her? »Im Gegenteil. Jetzt, da Gunnar zum Bereichsleiter ernannt wurde, kann er endlich seine Visionen umsetzen.«

»Wie meinst du das?«

»Nun, einen Großteil der Projektaufgaben will er an die Werkstudenten übergeben. Erst kürzlich hat er seine Pläne skizziert, wie er sich zukünftig die Abläufe und Aufgabenverteilung vorstellt.« Einer der hirnrissigsten Pläne, die ich je gesehen habe, ohne Sinn und Verstand. Vor allem ohne Zukunftsvision. Schon gar nicht, wenn man davon ausgeht, dass wir eigentlich die Profis für Prozessoptimierung sein sollten – jedenfalls werden wir dafür von unseren Kunden beauftragt. »Da auch meine Arbeit davon betroffen ist, kann ich somit die Projekte wieder abgeben, die von Beginn an überhaupt nicht zu meinem Verantwortungsbereich zählten. Somit werde ich mir nun erlauben, meinen Urlaub zu nehmen, den ich in diesem Jahr bereits dreimal verschoben habe.«

Wütend steht er auf. »Du wirst ganz sicher keinen Urlaub nehmen. Nicht jetzt. Auf meinem Schreibtisch liegen drei Anfragen von Stockholms renommiertesten Unternehmen, die endlich dazu bereit sind, in eine fundierte Prozessentwicklung ihrer Verwaltung und ihrer Logistik zu investieren.«

Das zu hören schmerzt sehr, denn ich habe mich

über Wochen und Monate bei den Unternehmen und meinem Arbeitgeber für die Projekte stark gemacht. Kurz schwanke ich, ob meine Entscheidung, nach Lillaström zu reisen, die richtige ist. Gestern Abend hat es sich noch wundervoll angehört, zwei Wochen im Ferienhaus von Agis Familie zu verbringen. Aber jetzt?

Die mahnenden Worte von Dr. Eriksen, und der Hinweis, was sich hinter den Symptomen verbirgt, gehen mir wieder durch den Kopf und ich weiß, was ich zu tun habe. Meine Stimme ist leise und ich spüre, wie heftig mein Herz schlägt.

»Wenn du willst, dass ich nach meinem Urlaub wiederkomme, dann lässt du mich jetzt gehen.«

»Willst du mich etwa erpressen?«, zischt er.

»Nein. Ich will nur das, was mir zusteht – eine Pause.« Ich wende mich ab, denn es gibt nichts mehr zu sagen.

»Wenigstens kann ich mir nun zu einhundert Prozent sicher sein, mich mit Dahl richtig entschieden zu haben. Dir fehlt einfach der Biss, Inger. Ausgerechnet jetzt lässt du deine Kollegen im Stich.«

Gemessen daran, was ich in den letzten drei Jahren alles für meine Kollegen gemacht habe, ist seine Aussage eine maßlose Frechheit. Es tut weh, mir solche Vorwürfe anhören zu müssen, und gleichzeitig zeigt mir das Verhalten meines Chefs, dass sich in meinem Leben etwas ändern muss.

Niemand darf so mit mir umgehen und so mit mir sprechen. Das habe ich leider schon viel zu lange zugelassen. Jetzt ist Schluss damit.

Ich drehe mich ein letztes Mal um, lächle und gehe auf seine Provokation nicht ein. »Bis in zwei Wochen, Jerik.«

»Oh, es wird dir dort gefallen. Ich war zwar schon länger nicht mehr in Lillaström, aber gerade jetzt müsste dort der Herbstmarkt stattfinden. Du darfst dich also auf *Kanelbullar* bis zum Abwinken aus Ylvies und Ingmars Café freuen. Außerdem gab es auf dem Markt früher immer einen Stand mit frisch zubereitetem Hummer. Und du musst unbedingt auch an dem kleinen Pilzhäuschen vorbeigehen. Dort kannst du nicht nur die besten Pilze kaufen, die machen auch die leckerste Pilzpfanne der Welt.«

Bei Agis Beschreibung läuft mir bereits das Wasser im Mund zusammen. Meine Freundin seufzt und lässt sich auf mein Bett fallen.

»Hach, da bekomme ich fast Lust, selbst wieder einmal nach Lillaström zu fahren.«

»Dann komm doch mit. Zu zweit ist es bestimmt lustiger.«

Sie dreht sich zur Seite, stützt sich mit dem Ellbogen ab und sieht mir beim Kofferpacken zu. »Das würde ich wirklich gern. Aber erstens, kann ich Nilla mit dem Laden nicht so lange allein lassen und zweitens, hat dir Dr. Eriksen Ruhe verordnet. Du sollst dich auf dich selbst konzentrieren. So gern ich also Ja sagen würde, es geht nicht.«

Ich möchte etwas erwidern, als ich neben dem Koffer ein Kleid entdecke, das ich mir vor drei Jahren gekauft und noch nie getragen habe. Fragend halte ich es in die Höhe. »Als ich dich gebeten habe, mir dabei zu helfen, ein paar Kleidungsstücke für meinen Abenteuer-Urlaub in Lillaström herauszusuchen, habe ich sicherlich nicht daran gedacht. Zu welcher Gelegenheit soll ich das denn anziehen? Für den Herbstmarkt ist es jedenfalls nicht die richtige Wahl.«

»Man kann nie wissen.« Agi lächelt, zwinkert mir verschwörerisch zu und deutet auf das Kleid. »Pack es einfach vorsichtshalber ein. Vielleicht gibst du dir ja einen Ruck und gehst abends mal aus.«

»Allein? In Lillaström? Wo soll ich denn da bitte hingehen? Sagtest du nicht, dass das Städtchen nicht einmal 1.400 Einwohner hat?«

»Es gibt aber ein italienisches Restaurant und eine Bar«, protestiert sie. »Und während des Herbstmarktes werden zahlreiche Veranstaltungen angeboten.«

»Ist ja schon gut.« Da ich Agi lang genug kenne, um zu wissen, dass sie keinen meiner Einwände gelten lassen wird, gebe ich klein bei und verstaue das Kleid so im Koffer, dass es möglichst keine Knitterfalten bekommt. »Zufrieden?«

Sie nickt und ich packe weiter. Für vierzehn Tage ist das ganz schön viel, was ich noch im Koffer verstauen muss.

Plötzlich kommen mir die zwei Wochen wie eine Ewigkeit vor. »Keine Ahnung, was ich die ganze Zeit dort tun soll.«

»Glaub mir, dir wird nicht eine Sekunde langweilig sein. Die Landschaft ist wunderschön – vor allem im Herbst. Die Menschen sind sehr freundlich und hilfsbereit.« Ihr Brustkorb bebt, als sie lacht. »Vielleicht ein bisschen schrullig und eigenbrötlerisch, aber von Grund auf herzlich. Gib Lilström also eine Chance, das hat es verdient.« Agi setzt sich auf und schaut mich ernst an. »Und gib dir die Chance, zur Ruhe zu kommen, die Arbeit zu vergessen und dich einfach nur auf dich selbst zu konzentrieren.«

Es muss schrecklich für sie gewesen sein, mich gestern derart aufgelöst zu erleben. Ihre Sorge um mich steht ihr ins Gesicht geschrieben und wieder einmal bin ich dankbar, so eine wundervolle Freundin zu haben. Mit einem beklommenen Gefühl im Bauch, gehe ich zur anderen Seite des Bettes und setze mich zu ihr. Ich muss sie jetzt einfach in den Arm nehmen.

»Es tut mir leid, dass du mich gestern so hast erleben müssen.«

»Du bist zu mir gekommen, als es dir schlecht ging, und du hast dich mir anvertraut – das ist Freundschaft.« Sie drückt mich noch ein bisschen fester. »Aber jage mir bitte nie wieder so einen Schrecken ein.«

»Das habe ich nicht vor.« So weit werde ich es nie wieder kommen lassen.

KAPITEL 3

Mats

»Ich kann dich nachher auch nach Hause fahren.« Vera, die hinter dem Tresen im *Hörnan* steht, schenkt mir ein mitleidiges Lächeln. »Du solltest die Gelegenheit nutzen, wenn mein Vater eine Runde ausgibt. Das kommt nicht oft vor. Und so traurig, wie du dreinblickst, würde dir ein ›pfeif drauf Schnaps‹ meines Vaters guttun.«

»Eine sehr interessante Geschmacksrichtung, aber ich muss leider ablehnen, Vera.« Die Tochter des Barbesitzers ist nett. Obwohl wir uns erst am Abend zuvor im *Hörnan* kennengelernt haben, bietet sie mir an, mich zum Ferienhaus zu fahren, das ein Stück außerhalb liegt, damit ich etwas trinken kann. »Für heute habe ich genug.« Ich drehe das Bierglas in meiner Hand, trinke den letzten Schluck aus und stelle es auf den Tresen. Das Bier ist alkoholfrei und inmitten der angeheiterten Gäste, die den Abend über nicht auf Alkohol verzichteten, komme ich mir seltsam vor. Wer geht denn schon in eine Bar und trinkt nur alkoholfreies Bier?

Wenn ich eines in den letzten Wochen gelernt habe, dann, dass Trinken mir nicht über den Kummer hinweghilft, den Frida angerichtet hat. Zwei Wochen lang habe ich jeden Abend meinen Schmerz in Alkohol ertränkt, mit dem Ergebnis, dass ich mich nur noch elender fühlte. Also nein, kein Schnaps der Welt – und wenn er noch so einen ausgefallenen Namen hat – kann mir dabei helfen, mein Leid zu vergessen.

»Was bin ich dir schuldig?«

»Fünfzig Kronen.«

Ich ziehe mein Portemonnaie aus der Gesäßtasche, lege es auf den Tresen, klappe es auf. Frida lächelt mich von einem Foto an, das ich schon seit zwei Jahren mit mir herumtrage.

»Ui, die ist aber hübsch«, stellt Vera mit einem Blick darauf fest. »Ist sie deine Freundin?«

»Schön wäre es.« Seufzend nehme ich das Bild aus dem Fach mit der durchsichtigen Schutzfolie und tue etwas, das mich selbst überrascht: Ich lüge Vera an oder vielmehr möchte ich mir sämtliche Erklärungen rund um das Foto ersparen. »Das war schon drin, als ich den Geldbeutel gekauft habe.« Über den Tresen reiche ich es an Vera weiter. »Würdest du es bitte wegwerfen? Ich habe keine Verwendung dafür.«

»Klar.« Sie greift nach dem Papier und wirft

noch einen letzten Blick darauf, ehe sie es zerknüllt und es im Abfalleimer hinter der Theke landet. »Bleibst du eigentlich länger in Lillaström?«

»Vermutlich noch zwei Wochen.«

»Dann solltest du dir unseren Herbstmarkt nicht entgehen lassen.«

»Herbstmarkt?«

»Aber ja. Immer um den *Kanelbullens dag* findet bei uns ein großer Herbstmarkt statt. Es ist wie ein kleines Festival mit Musik, Handwerkskunst und einem großen Strohballenlabyrinth.«

»Hört sich nicht schlecht an. Danke für den Tipp. Da werde ich sicherlich mal vorbeischauen. Bis bald, Vera.«

»Gute Nacht, Mats.«

Die Tür der Bar fällt hinter mir ins Schloss und zugleich ist es viel ruhiger und auch kälter um mich herum. Mein Blick gleitet zum Himmel, wo sich eine sternenklare Nacht abzeichnet. Wann habe ich zuletzt so viele Sterne auf einmal gesehen und so klare und unverbrauchte Luft eingeatmet? Keine Ahnung. Die ständigen Höhen und Tiefen meiner Beziehung haben jeglichen Blick auf alles andere getrübt, das um mich herum geschieht. So werte ich es als gutes Zeichen, dass sich der Nebel in meinem Kopf allmählich lichtet. Vielleicht hat Mika recht, was Lillaström anbelangt. Mein Gefühl bestätigt mir jedenfalls, dass dies ein Ort ist, um abzuschalten und mit sich ins Reine zu kommen.

In der Hoffnung, dass mir mein Ausflug in dieses verschlafene Städtchen dazu verhilft, wieder der Alte zu werden, gehe ich zu meinem Wagen und fahre zurück zum Ferienhaus der Bergmans, in dem mir mein bester Freund für die nächsten zwei Wochen Unterschlupf gewährt.

Den Aufwand, das Auto hinterm Haus bei der Garage abzustellen, betreibe ich erst gar nicht. Ich parke am Straßenrand und folge anschließend dem gepflasterten Weg zu den Stufen, die zur blauen Haustür hinaufführen. Ich stecke den Schlüssel ins Schloss und halte kurz verwundert inne. Habe ich nicht abgeschlossen, als ich vorhin gegangen bin?

Das Knarzen der Tür ist mir noch immer nicht vertraut und doch passt es zu diesem alten Holzhaus, das so wunderschön an einem der vielen Seen der Umgebung liegt. Stundenlang habe ich heute von der Terrasse aus auf das Wasser geblickt und die Seele baumeln lassen, anstatt mich mit meinen Problemen auseinanderzusetzen. Allein die Vorfreude darauf, dass ich am nächsten Tag an exakt der gleichen Stelle sitzen und eine Tasse Kaffee genießen werde, lässt mich lächeln.

Meine Hand tastet über die Holzpaneele an der Wand und sucht nach dem Lichtschalter. Ich bin mir sicher, er ist irgendwo direkt neben der Eingangstür. Aber es ist so dunkel, dass ich kaum etwas erkennen kann. Wenigstens scheint das Mondlicht durch die großen Fenster im Wohnzimmer und lässt die Milchglasscheibe der Tür erleuchten, sodass ich beschließe, dem fahlen Licht zu folgen. Gerade als ich mich in Bewegung setzen will, höre ich ein weiteres Knarzen. Dieses Mal kommt es allerdings aus dem Wohnzimmer. Das Ferienhaus der Bergmans ist zwar schon ein wenig älter, und natürlich weiß ich als Bauingenieur nur zu gut, dass Holz arbeitet. Dennoch bin ich irritiert. Das Geräusch war viel zu laut, als dass es nur darauf zurückzuführen ist.

Ich höre erneut eine knarzende Holzdiele und bin mir mit einem Mal sicher, dass ich nicht allein im Haus bin. Habe ich etwa Besuch von Einbrechern bekommen? Das hat mir gerade noch gefehlt.

Mein Adrenalinspiegel schnellt in die Höhe, in meinem Bauch breitet sich augenblicklich ein mulmiges Gefühl aus und ich bin darauf bedacht, möglichst leise weiterzugehen. Die verschlossene Tür mit dem Glaseinsatz ist direkt vor mir. Ich greife nach der Türklinke und drücke sie nach unten, da stoße ich mir den Fuß an einem großen harten Gegenstand und ein fieser Schmerz durchfährt mich. Verdammt, was war das? Hier stand doch zuvor keine Kommode – schon gar nicht mitten im Weg.

»Shit!«, entfährt es mir und ich ärgere mich darüber, dass ich die Einbrecher aufgescheucht haben könnte. Aber es tut höllisch weh.

Im gleichen Augenblick geht das Licht an und noch ehe ich begreife, was vor sich geht, stürmt eine Frau auf mich zu und schlägt mit einem lächerlich bunten Knirps auf mich ein. Ich ducke mich zwar, aber sie erwischt mich trotzdem.

»Verschwinde von hier. Los, raus. Hau ab, du Mistkerl. Ich habe bereits die Polizei verständigt. Sie wird gleich hier sein.«

Wer um alles in der Welt ist dieses hysterische Frauenzimmer, das auf mich einschlägt, und was hat sie im Ferienhaus der Bergmans zu suchen?

Plötzlich erkenne ich, dass der große harte Gegenstand, an dem ich mich gestoßen habe, ein Koffer ist und dass auf dem Kofferanhänger ein Name steht, der mich die Augen verdrehen lässt.

Inger Sadlow – das wohl schlimmste Date meines Lebens.

»Wenn du nicht sofort hier verschwindest, dann …«

Wenig eingeschüchtert von dieser Person richte ich mich auf und greife nach dem kleinen Regenschirm, woraufhin sie kreischend kehrt macht.

»Inger? Inger, warte.«

Als sie ihren Namen hört, dreht sie sich überrascht um und starrt mich ungläubig an.

»Mats?«

Okay, sie hat mich erkannt. Ihr wütender Tonfall lässt jedoch keinen Zweifel daran, dass auch sie gern auf ein weiteres Treffen mit mir verzichtet hätte.

»Was zum Teufel hast du hier zu suchen? Du hast mich zu Tode erschreckt.« Aufgebracht reißt sie die Hände in die Höhe. »Wie bist du überhaupt hier hereingekommen? Tauchst du öfter unangemeldet in den Häusern anderer Menschen auf?«

Was redet sie nur für einen Müll? Im Gegensatz zu ihr bin ich schließlich nicht unangemeldet hier aufgetaucht. Doch genauso habe ich sie in Erinnerung. Aufbrausend. Arrogant. Besserwisserisch. »Noch immer so vorlaut wie früher, Inger?«

»Noch immer so ein Idiot wie damals, Mats?«

So kommen wir nicht weiter. Resigniert werfe ich den Schirm auf die Couch und streiche mir über meinen Oberarm. Inger hat mich voll erwischt und ich befürchte, dass ich für die nächsten Tage ein Andenken an diese Begegnung behalten werde.

»Sag bloß, du hattest vor, mich mitten in der Nacht zu einem Spaziergang zu überreden?«

Mit gerecktem Kinn funkelt sie mich zornig an. »Mach ja keine Witze darüber, sonst mache ich exakt dort weiter, wo ich eben aufgehört habe.«

»Sehr gut. Dann kommt die Polizei wenigstens nicht umsonst. Im Gegensatz zu dir habe ich mir nämlich nichts zu Schulden kommen lassen.«

Damit sie endlich versteht, dass ich hier nicht einfach eingedrungen bin, halte ich den Haustürschlüssel in die Höhe, sodass sie ihn sehen kann. »Zufrieden? Ich bin kein Einbrecher.«

KAPITEL 4
Inger

Ich kann mir sanftere Methoden vorstellen, als durch einen Einbrecher geweckt zu werden. Zumal ich gar nicht die Absicht hatte, einzuschlafen. Wie erschöpft ich wirklich war, habe ich erst festgestellt, als ich mich bei meiner Ankunft im Ferienhaus der Bergmans auf die Couch habe fallen lassen. Ich habe die Augen nur für einen Moment geschlossen und muss sofort eingeschlafen sein, denn das nächste, an das ich mich erinnere, ist das Geräusch einer Autotür, die zugeschlagen wird.

Nur kurz darauf höre ich das Knarzen der Haustür, das auch mich bei meiner Ankunft im Haus willkommen hieß. Zwar würde ich mich nicht als abenteuerlustig beschreiben, dennoch bin ich mir sicher, dass es ein Einbrecher sein muss, und folge meinem Instinkt, ihn vertreiben zu müssen. Mit einem mulmigen Gefühl im Bauch richte ich mich auf und taste nach meiner Handtasche. Die einzige ›Waffe‹, die ich ausmachen kann und die dem Begriff am nächsten kommt, ist mein alter Knirps mit Blumenmuster, den ich für gewöhnlich immer mit mir herumtrage.

Auf Zehenspitzen schleiche ich zur Wohnzimmertür. Mein Herz droht stehenzubleiben, als eine Holzdiele unter mir nachgibt und laut knarzt. So charmant alte Häuser und ihre Eigenheiten sind, darauf hätte ich verzichten können. Womöglich hat mich der Einbrecher gehört? Das Adrenalin jagt so schnell durch meinen Körper, dass es in meinen Ohren unangenehm rauscht.

Ein schneller Blick durch die Türverglasung verrät mir, dass es sich um einen Mann handeln muss. Einen großen Mann.

Mit einem Mal gerät mein Plan ins Wanken und ich überlege, ob ich mich nicht besser irgendwo verstecken soll. Dumm nur, dass ich mich noch nicht im Haus umgesehen und somit keine Ahnung habe, wo ich am besten Unterschlupf finden kann. Um die Ecke befindet sich zwar die Küche, aber ich kann ja schlecht in einen Küchenschrank krabbeln. Am anderen Ende des Wohnzimmers gibt es eine kleine Diele, von der ein paar Zimmertüren abgehen. Aber soll ich es riskieren, mich über den knarzenden Boden wegzuschleichen, nur um …

Ein dumpfes Poltern ist plötzlich direkt hinter der Tür zu hören und eine Männerstimme stöhnt gequält »Shit«.

Keine Ahnung, was ich mir dabei denke und woher ich den Wagemut nehme, aber instinktiv schalte ich das Licht an, reiße die Tür auf und schlage mit meinem Knirps mit voller Wucht auf den Eindringling ein, der sich vornübergebeugt hat. Meine Stimme klingt schrill, als ich ihn anschreie, dass er verschwinden soll und dass ich bereits die Polizei verständigt habe.

Als er sich aufrichtet, bekomme ich es mit der Angst zu tun. Noch ehe er nach meinem Knirps greift, weiß ich, wie dumm ich war und wie gefährlich die Situation ist. Warum habe ich mich nicht einfach hinter der Couch verkrochen?

Kreischend mache ich auf dem Absatz kehrt. Noch ist es nicht zu spät für meinen Plan, mir ein Versteck zu suchen oder wenigstens vor ihm zu fliehen. Wenn es mir gelingt, schnell genug die Tür hinter mir zu verriegeln, habe ich hoffentlich genug Zeit, um wirklich die Polizei zu verständigen.

Gerade als ich meinen Fluchtplan in die Tat umsetzen will und schon die Hand an der Türklinke habe, höre ich meinen Namen und halte irritiert inne. Woher kennt der Kerl meinen Namen? Ist das ein Trick? Ängstlich schaue ich zurück und sofort steigt Zorn in mir auf. Trotz seines Dreitagebartes und der längeren Haare erkenne ich ihn sofort.

»Mats?« Der hat mir gerade noch gefehlt. »Was zum Teufel hast du hier zu suchen? Du hast mich zu Tode erschreckt.« Ich könnte ihn in der Luft zerreißen, diesen … diesen … *Argh!* »Wie bist du überhaupt hier hereingekommen? Tauchst du öfter unangemeldet in den Häusern anderer Menschen auf?«

»Noch immer so vorlaut wie früher, Inger?«

Das schlägt doch dem Fass den Boden aus. Er nennt mich vorlaut? »Noch immer so ein Idiot wie damals, Mats?«

Mats mag vielleicht kein Einbrecher sein, aber an der Tatsache, dass er ein Idiot ist, gibt es nichts zu rütteln. Er hat mir den Schreck meines Lebens eingejagt und ich kann mir sanftere Methoden vorstellen, um geweckt zu werden. Am liebsten würde ich ihm eine weitere Abreibung verpassen, doch dazu soll es nicht kommen. Um seine ›Unschuld‹ unter Beweis zu stellen, hält er den Haustürschlüssel wie eine Trophäe in die Höhe.

»Nun gut, du bist demnach nicht eingebrochen. Das beantwortet aber noch lange nicht meine Frage, was du hier zu suchen hast.« Mein Herz rast noch immer, doch ich gebe mich cool und seufze. »Weißt du was? Eigentlich ist es mir egal. Ich will nur, dass du wieder verschwindest und dass ich meine Ruhe habe.«

Er stemmt seine Hände in die Hüften und deutet ein schiefes Lächeln an. »Wenn hier jemand verschwinden wird, dann du, liebe Inger.«

So weit kommt es noch. »Hör mal gut zu. Ich werde vieles tun, aber sicher nicht dieses Haus verlassen. Agi hat mich hierher eingeladen, also sieh zu, dass du so schnell wie möglich verschwindest.«

»Agi hat dich eingeladen?«

»Jawohl.« Ist er begriffsstutzig? Was kann man daran nicht verstehen?

»Mag ja sein, dass Agi dich eingeladen hat. Ich habe den Schlüssel von Mika, der *mir* das Ferienhaus überlassen hat.«

»Mika hat was?«

»Du hast richtig gehört. *Ich* werde die nächsten zwei Wochen hier verbringen.«

»Das wollen wir doch mal sehen.« Auch wenn ich Agis Vorschlag zu Beginn nicht sonderlich viel abgewinnen konnte, haben mich ihre Erzählungen über das Haus und Lillaström davon überzeugt, dass dies exakt der Ort ist, der mir guttun wird. Egal, welche Argumente Mats anbringt, noch ehe die Nacht vorüber ist, werde ich ihn los sein. Ohne ein weiteres Wort lasse ich ihn stehen, knalle die Tür zu und gehe zum Sofa. Bei nahezu jedem meiner Schritte macht der Boden unter mir Geräusche, was wohl mitunter daran liegt, dass ich stampfe – so angefressen bin ich. Ausgerechnet Mats hier zu treffen, hat etwas Unwirkliches.

»Was soll das Inger? Du kannst nicht bleiben.«

Seine Stimme klingt genauso genervt, wie ich

mich aufgrund seiner Anwesenheit fühle. »Und ob ich das kann. Du wirst schon sehen.« Aufgebracht greife ich nach meiner Handtasche, die auf dem Boden steht, und nehme mein Handy heraus. Die erste Nummer, die mir im Verzeichnis unter Favoriten angezeigt wird, ist Agis. Es ist vielleicht nicht die beste Uhrzeit für einen Anruf, immerhin hat mir das Display nur Sekunden zuvor angezeigt, dass es kurz vor Mitternacht ist. Trotzdem muss ich etwas klären.

»O mein Gott, Inger, ist alles in Ordnung?«

Die Stimme meiner besten Freundin klingt verschlafen und alarmiert zugleich. Einerseits tut es mir leid, sie geweckt und beunruhigt zu haben. Andererseits muss ich die Geschichte mit Mats sofort regeln, ehe dieser auf die Idee kommt, es sich hier bequem zu machen.

»Nein, nichts ist in Ordnung.«

»Was ist passiert?«

»Mats! Mats ist passiert.«

»Mats?«

»Sag mal, ist das wieder einer dieser tollen Verkupplungspläne von dir und deinem Bruder? Ihr schickt uns beide nach Lillaström und schaut mal, was passiert?«

»Mats ist auch in Lillaström?«

»Oh, er ist nicht nur in Lillaström. Er ist hier im Haus und ich hätte ihn vorhin beinahe erschlagen, weil ich ihn für einen Einbrecher gehalten habe.« Das mit dem Erschlagen entspricht nicht ganz der Wahrheit, die Sache mit dem Einbruch aber schon.

»Du hast was? Wie geht es ihm? Ist er verletzt?«

»Du fragst, wie es ihm geht? Ich habe mich zu Tode erschrocken, Agi.« Wo bleibt das Mitgefühl meiner Freundin?

»Inger, jetzt einmal ganz in Ruhe: Was ist passiert?«

»Das würde ich gern von dir wissen. Warum schickst du mich hierher, wenn Mika das Haus schon längst Mats für zwei Wochen versprochen hat?«

»Mika hat was?«

Liegt die Begriffsstutzigkeit meiner Freundin womöglich an der fortgeschrittenen Uhrzeit? »Er hat seinem nervigen Buddy das Ferienhaus für zwei Wochen versprochen.«

In der Leitung bleibt es ruhig.

»Agi?«

»Davon wusste ich nichts, Inger. Ehrlich. Das musst du mir glauben. Mika hat mir kein Sterbenswörtchen davon erzählt. Aber ich habe ihn auch schon ein paar Tage nicht gesehen.«

»Prima.« Was mache ich jetzt nur? Resigniert lasse ich mich auf das Sofa fallen. Der Ort, von dem ich gehofft hatte, mich vierzehn Tage verkriechen zu können, bis die Antworten auf all meine Fragen und die Lösung für mein Problem vom Himmel fallen …

»Wenn du Mats erklärst, weshalb du in Lillaström bist, reist er vielleicht wieder ab.«

Dem Idioten erklären, wie schlecht es mir geht und womöglich noch von meinem kleinen Ausbruch in Agis Laden erzählen? Sicher nicht. Mats hat die Sensibilität eines Holzklotzes und würde sich am Ende ganz bestimmt noch über mich lustig machen.

»Darüber werde ich sicherlich nicht mit ihm sprechen. Kannst du nicht mit Mika reden, dass er sein Angebot an den Volltrottel zurückzieht?«

»Ich verstehe, du kannst ihn immer noch nicht leiden. Dabei ist Mats eigentlich ein ganz lieber Kerl, bis auf die eine Sache.«

»Ja, die Sache, dass er ein überheblicher und weinerlicher Stinkstiefel ist!« Mein Puls schnellt ein weiteres Mal in die Höhe. Allein wenn ich an ihn denke, gerate ich in Rage. »Was ist nun mit Mika?«

»Ja, ja. Schon gut. Ich versuche, ihn zu erreichen. Aber er ist im Club und es ist gut möglich, dass er mich bei all dem Lärm überhört. Ich melde mich gleich noch einmal bei dir.«

»Danke, Agi.«

Es ist still in der Leitung und ich schaue auf das Display, das erlischt. Was mache ich denn nur, wenn Mika Mats nicht davon überzeugen kann, wieder abzureisen? Buche ich dann einen Last-Minute-Trip in die Karibik? Ich seufze, stehe auf und blicke zur Wohnzimmertür. Von Mats ist nur ein Schatten zu erkennen, doch ich höre, dass auch er telefoniert. Sicherlich mit Mika. Frustriert gehe ich zu einem der großen Fenster, die in Richtung See zeigen. Ich kann die Sterne am Himmel erkennen, der Rest liegt stockdunkel vor mir und den See kann ich nur erahnen. Vielmehr spiegle ich mich im Fenster und frage mich, wer die Frau ist, die ich dort sehe. Was haben diese letzten drei Jahre mit mir gemacht? Wo ist die Inger, die mit ihren großen Plänen nach dem Studium in Stockholm geblieben ist, um von dort aus die Welt zu erobern? Die, die stets freundlich und lebensfroh war und sich mit genügend Biss und Einsatz in neue Projekte gestürzt hat? Die, der der Kontakt und die Freundschaft zu anderen immer so leichtfiel?

Ich muss mir selbst eingestehen, dass die Person nicht mehr existiert. Von all meinen Freunden ist mir nur Agi geblieben, die ich von Herzen liebe, als wäre sie meine Schwester. Sie ist die Einzige, die hartnäckig blieb, wenn ich die Arbeit vor das private Vergnügen geschoben habe. All meine anderen Freundschaften sind daran zerbrochen.

Tränen brennen in meinen Augen und die Erkenntnis, dass sich in meinem Leben dringend etwas ändern muss, ist übermächtig. Ich will wieder lachen und glücklich sein. Ich vermisse die Unbeschwertheit, mit der ich früher die kleinen Dinge und Momente genossen habe.

Meine Reise nach Lilleström sollte meine Chance sein, wieder mit mir ins Reine zu kommen. Habe ich die Kraft, mich gegen Mats durchzusetzen, oder soll ich besser aufgeben?

Ich wische mir die Tränen aus den Augenwinkeln. Aufgeben war noch nie eine Option für mich. Auch wenn ich um meiner Seelenheil den Kampf dieses Mal vielleicht nicht zu Ende kämpfen kann, einfach zu kapitulieren ist nicht mein Ding. Mal schauen, wer länger durchhält: Mats oder ich.

KAPITEL 5

Mats

Mein Telefonat mit Mika war alles andere als zufriedenstellend. Was zum einen daran liegt, dass er einen der erfolgreichsten Clubs von Stockholm betreibt, alle Hände voll zu tun hat und nicht sprechen kann. Zum anderen, weil er mich darum gebeten hat, die Situation mit Inger und Agi selbst zu klären. Sein Hinweis, dass das Haus für uns beide groß genug ist, und wir uns aus dem Weg gehen könnten, hilft mir in diesem Augenblick jedenfalls nicht weiter. Mit dieser Frau will ich keine Minute zu viel verbringen. Allein der Gedanke daran vermiest mir die Laune. Unglaublich, dass Agi und Mika dachten, wir würden gut zusammenpassen und damals diesen dämlichen Kuppelversuch gestartet haben. Dabei war ich noch lange nicht über Frida hinweg. Doch selbst wenn, mit so einer Frau wie Inger würde ich mich niemals einlassen. Diese Arroganz, die sie an den Tag legt, und die Überheblichkeit, mit der sie über andere spricht und urteilt

– nein, sie ist definitiv nichts für mich. Glücklicherweise hatte Frida damals ein Einsehen und war wieder zu mir zurückgekommen.

Ich verbrachte daraufhin die schönste Zeit meines Lebens mit ihr. So glücklich war ich noch nie zuvor in meinem Leben. Müsste sie als Model nicht ständig reisen, und würde sie nicht so viele Leute kennenlernen, wäre vielleicht alles anders gekommen. Oder nicht? Egal, das Sinnieren über die Beziehung mit meiner Ex bringt mich in dem Problem mit Inger kein Stück weiter.

Frustriert suche ich nach Optionen. Hier in der Nähe muss es doch sicher ein Hotel geben. Soll sie doch dort die Nacht verbringen.

Na bitte. *Hotel Sjöntsikt.*

Die Bilder, die das Suchportal ausspuckt, sehen ansprechend aus. Noch dazu befindet es sich gar nicht mal so weit weg von hier – es liegt an einem der anderen kleinen Seen, rund um Lillaström.

Im Wohnzimmer ist es ruhig, weshalb ich davon ausgehe, dass Inger ihr Telefonat mit Agi beendet hat. Dem großen schwarzen Reisekoffer, der mehr oder weniger mitten im Weg steht, verpasse ich einen Tritt, sodass er zu Seite rollt, und drücke die Klinke der Tür nach unten, die Inger kurz zuvor ins Schloss geworfen hat.

Sie steht am Fenster und ich bemerke, dass sie sich eine Träne aus dem Augenwinkel wischt.

Wenn sie glaubt, die Nummer zieht bei mir, hat sie sich ganz gewaltig geschnitten.

»Es gibt ein Hotel in der Nähe. Da kannst du sicherlich heute Nacht unterkommen.« Einen kleinen Seitenhieb kann ich mir nicht verkneifen. »Wenn du möchtest, kann ich gern dort für dich anrufen.«

»Kannst du dir sparen. Agi klärt das mit Mika. Geh du also am besten gleich packen«, blafft sie mich an, ohne sich umzudrehen. Erneut wischt sie sich über den Augenwinkel.

»Wenn du glaubst, dass deine Heulmasche bei mir zieht, hast du dich geschnitten. Wer zuerst kommt, mahlt zuerst. Ich war vor dir hier, also sieh zu, dass du wieder verschwindest, Inger.«

»Das werde ich sicher nicht tun.«

Oh, die Arroganz in ihrer Stimme treibt mich in den Wahnsinn. Was stimmt denn nicht mit ihr? Warum kann man sich nicht normal mit ihr unterhalten? Okay, das nehme ich zurück. Wirklich freundlich war ich auch nicht zu ihr. Trotzdem. Sie kann nicht bleiben. Egal, wie viel sie mir noch vorheult und mir aufs Neue unter Beweis stellt, dass man mit ihr nicht auskommen kann.

»Na schön, dann bleib halt hier. Du wirst schon sehen, was du davon hast.«

»Dann gehst du also?« Überrascht dreht sich Inger zu mir um. Ihre Augen schimmern glasig und ich muss beinahe lachen. Sie fährt wirklich alle Geschütze auf, um ihr Ziel zu erreichen.

»Ganz sicher nicht!«

Entrüstet stemmt sie die Hände in die Hüften. »Und ich werde bestimmt nicht gemeinsam mit dir hierbleiben.«

»Dann weißt du ja, was du zu tun hast.« Damit beende ich das Gespräch, mache auf dem Absatz kehrt und ignoriere ihre wenig charmanten Titulierungen, die sie mir hinterherruft. Ich werde nach oben in das Zimmer gehen, in dem ich mich bereits eingerichtet habe, und warten. Spätestens in einer Stunde wird Inger sicher klein beigeben und verschwinden.

Ihr Telefon klingelt, und da ich mir sicher bin, dass das Agi ist, halte ich interessiert inne. Diesen Augenblick, wenn Agi Inger beibringt, dass sie gehen muss, möchte ich mir nicht entgehen lassen.

»Agi, bitte mach … Was? … Ja.«

Mit gerümpfter Nase blickt Inger in meine Richtung und schaltet den Lautsprecher am Handy ein. Mika muss ebenfalls in der Leitung sein, denn im Hintergrund ist laute Musik zu hören.

»Könnt ihr uns jetzt beide hören?«, schrillt Agis Stimme durch den Raum.

»Ja. Der Schwachkopf kann mithören.«

Auf Ingers Provokation gehe ich nicht ein, stattdessen will ich endlich wissen, was mich erwartet.

»Habt ihr euch entschieden, wer gehen muss?«

»Ja, haben wir«, höre ich die Stimme meines Freundes, der wegen der Musik ins Telefon brüllt.

»Und?«, hake ich ungeduldig nach.

»Klärt das untereinander.«

»Was?« Habe ich mich etwa verhört?

»Es tut uns leid, dass es zu dieser blöden Überschneidung gekommen ist. Aber Mika und ich sind uns einig, dass ihr das selbst klären müsst. Ihr seid uns beide willkommen.«

»Außerdem ist das Haus groß genug für euch beide. Wenn ihr euch arrangiert, könnt ihr euch prima aus dem Weg gehen.«

»Das ist doch nicht euer Ernst.« Ich sehe zu Inger, die so fassungslos dreinblickt, wie ich mich fühle.

Doch mein bester Freund bestätigt mir ein weiteres Mal: »Das ist unser voller Ernst. Versucht, das zu klären, und rauft euch für die paar Tage zusammen.« In Mikas Leitung knackt es. »Leute, ich habe hier unten ziemlich schlechten Empfang. Lasst mich einfach wissen, wie ihr euch entschieden habt. *Hej då.*«

Ein weiteres Knacken lässt den Lärm verstummen.

»Tut mir wirklich leid, dass es zu dem Missverständnis gekommen ist. Inger?«

Kopfschüttelnd blickt Inger auf das Display.

»Inger, bist du noch dran?«

»Ja.«

»Lass uns morgen noch einmal telefonieren. Wir finden eine Lösung.«

»Gute Nacht, Agi.«

Ich bin überrascht, dass Inger keine weitere Diskussion mit ihrer Freundin beginnt. So wie ich sie bisher kennengelernt habe, hätte ich ihr das durchaus zugetraut. Stattdessen beendet sie das Telefonat und sieht mich an. »Wenn du jetzt gehst, komme ich für deine Hotelkosten auf.«

Darauf will sie also hinaus. »Keine Chance. Ich werde nicht ins Hotel gehen. Verabschiede dich von dem Gedanken, dass ich dir das gleiche Angebot machen könnte. Wenn du ins Hotel gehst, wirst du die Rechnung gefälligst selbst zahlen.« Wow, seit wann bin ich so fies? Neutral betrachtet, ist das Angebot von Inger sehr freundlich. Doch da es ihr vielmehr darum geht, ihren Dickkopf durchzusetzen, werde ich unter keinen Umständen nachgeben.

»Ganz der Gentleman, wie ich ihn in Erinnerung habe.« Sie strafft ihre Schultern und funkelt mich kampfeslustig an. »Da ich nicht vorhabe abzureisen, bin ich gespannt, was du stattdessen vorschlägst, wie das hier weitergehen soll.«

Wenn sie sich wirklich weigert, das Haus zu verlassen, dann gibt es nur eine Möglichkeit, wie wir das Problem lösen können. Denn auch ich bin nicht bereit, diesen Platz aufzugeben – schon gar nicht für Inger.

»Keine Ahnung. Ich weiß nur, dass ich für heute die Schnauze mächtig voll habe. Deshalb werde ich jetzt nach oben gehen und mich schlafen legen. Du kannst das Gleiche tun oder es bleiben lassen. Mir egal.«

Vielleicht habe ich ja Glück und sie sieht eine Nacht mit mir unter dem gleichen Dach als Ding der Unmöglichkeit an und geht freiwillig. Jedenfalls lasse ich meinen Worten Taten folgen. In der Hoffnung, dass ich am nächsten Morgen aufwache, und Inger ist verschwunden, lasse ich sie im Wohnzimmer stehen und gehe.

KAPITEL 6
Inger

Ich drehe mich zur Seite und vergrabe mein Gesicht im Kissen. Bin ich nicht zur Erholung hergekommen? Selten habe ich so schlecht geschlafen wie in der vergangenen Nacht. Schuld daran hat nur Mats, dieser … dieser … *Argh!*

Wie konnte dieser Ausflug nach Lillaström nur so eine unglückliche Wendung nehmen? Und warum gehe ich nicht einfach?

Vermutlich hätte ich das bei jedem anderen Menschen auf diesem Planeten gemacht, aber nicht bei Mats. Alles an ihm lässt mich aus der Haut fahren. Dieser Kerl ist kaum zu ertragen und doch zählt er zu den wenigen, vor denen ich niemals kuschen würde.

Seufzend hebe ich den Kopf. Es macht keinen Sinn. Ich kann nicht mehr schlafen.

Mein Blick schweift zum Fenster und ich beobachte die buntverfärbten, tanzenden Blätter an den Bäumen. Der Tag beginnt und ich befürchte, dass mir noch ein harter Kampf bevorsteht.

Schwungvoll schlage ich die Decke zurück, vergrabe meine nackten Zehen im beigen Flokati, der vor dem Bett liegt, und stehe auf. Durch das Fenster sehe ich den Dunst über dem See, als wäre er ein schwerer Theatervorhang, der darauf wartet, dass die Scheinwerfer erleuchten und er zurückgezogen wird. Dann würde die große Show beginnen …

Das Naturschauspiel möchte ich mir unter keinen Umständen entgehen lassen, weshalb ich meinen Koffer öffne, meine Lieblingsstrickweste herausnehme – die rote mit dem Zopfmuster –, hineinschlüpfe und sie eng um mich ziehe. Ehe ich das große Schlafzimmer im Erdgeschoss verlasse, gleiten meine Füße in die plüschigen Hauspantoffel, die herrlich warm sind. Über die Diele im hinteren Teil des Hauses gelange ich ins Wohnzimmer, wo noch immer meine Handtasche liegt. Ebenso wie sich das Handy an exakt der Stelle befindet, wo ich es am Abend zuvor achtlos liegengelassen habe. Einen Moment ist der Drang, meine Nachrichten zu checken, übermächtig. Doch ich gebe dem Bedürfnis nicht nach. Stattdessen gehe ich zur Terrassentür, öffne sie und trete ins Freie.

Die kühle Morgenluft und der frische Wind schlagen mir entgegen. Ich nehme einen tiefen Atemzug dieser klaren und unverbrauchten Luft und ziehe die Strickweste noch enger um mich. Das fröhliche Vogelgezwitscher lässt mich Lächeln und ich kann kaum erwarten, mitzuerleben, wie sich der Nebel über dem See lichtet und die Sonne diesen Herbsttag begrüßt. Für eine kleine Unendlichkeit gibt es nur mich.

»Inger?« Mats' Stimme reißt mich aus meinen Gedanken und mein Grinsen wird breiter.

»Inger, das ist nicht witzig. Mach die verdammte Tür auf!«

War es fies von mir, die Tür zum Flur abzuschließen, in dem sich auch das Treppenhaus befindet? Ja, vielleicht. Aber somit konnte ich mir sicher sein, nicht plötzlich vor meinem ungebetenen Mitbewohner zu stehen. Natürlich werde ich ihn hereinlassen müssen. Doch für die nächsten Minuten werde ich ihn einfach ignorieren – egal wie laut er meinen Namen brüllt.

»Wenn ich die Tür einschlagen muss, geht das auf deine Kosten.«

Jedes seiner Worte hebt meine Stimmung. Soll der Idiot ruhig merken, dass er sich mit der Falschen angelegt hat.

Noch während ich darüber nachdenke, wie ich ihm die Entscheidung abzureisen schmackhafter machen kann, nehme ich eine Bewegung aus dem Augenwinkel wahr. Es ist kein geringerer als Mats selbst, der das Haus durch die Vordertür verlassen haben muss und unverhofft im Jogginganzug im Garten auftaucht, wo er die Treppen zur Terrasse nach oben nimmt.

»Wie kann man in diesem Alter noch so kindisch sein?«

Gut. Er ist genervt. »Ich wollte auf Nummer sicher gehen, dass du mir im Schlaf nichts antust.« Augenblicklich habe ich Bilder im Kopf, die dem, was ich gesagt habe, in keiner Weise entsprechen. Vielmehr wird mir bei den nicht jugendfreien Gedanken kurz heiß. Aber wo kommen die so plötzlich her? Noch dazu sind sie völlig unangebracht. Es geht hier immerhin um Mats. Klar, er ist ein attraktiver Mann, aber auch ein absoluter Vollidiot, weshalb ich die abstrusen Hirngespinste sofort wieder aus meinen Gedanken vertreibe.

Er tritt vor mich, bleibt so dicht bei mir stehen, dass ich seine Wärme spüren kann, und funkelt mich zornig an. »Gut so. Bleib am besten weiterhin auf der Hut.«

Mats kann keiner Fliege etwas zuleide tun, weshalb seine Drohung nicht ernst gemeint ist und mich einfach nur frech grinsen lässt.

Wütend dreht er um und geht schimpfend ins Haus. Wenigstens habe ich jetzt wieder meine Ruhe. Der Ausblick ist eh viel zu schön, als dass ich diesen mit ihm teilen möchte.

Während aus dem Inneren des Hauses die Geräusche von klappernden Schranktüren zu hören sind, fokussiere ich mich auf das Vogelgezwitscher. Das Idyll, das sich vor mir wie von selbst zeichnet, wirkt wie aus einer anderen Welt. So, dass ich den Moment für immer einfangen und auf einer Postkarte festhalten möchte. Ob ich mir all die Details einprägen kann? Was würde ich dafür geben, in stressigen Momenten dieses Motiv und diese Ruhe abrufen zu können.

Ich seufze verträumt und merke zu spät, dass Mats wieder neben mir steht. Er hält eine Tasse dampfenden Kaffee in der Hand und blickt zum See.

»Kaffee ist genau das, was ich jetzt auch gebrauchen kann«, sage ich mehr zu mir selbst als zu ihm.

»Dann wirst du sehr enttäuscht sein. Es gibt nämlich keinen.«

Will er mich veralbern? Er hält doch einen in der Hand. »Dann ist das, was du in den Händen hältst, etwa eine Fata Morgana?«

Sein zufriedenes Lächeln lässt mich misstrauisch werden. »Im Ferienhaus der Bergmans gibt es keinen Kaffee, denn die Kaffeemaschine hat vermutlich vor langer Zeit schon den Geist aufgegeben. Das hier ist *mein* Kaffee.« Freudestrahlend nippt er an der Tasse. »Falls du mir nicht glaubst, ich habe den Kassenzettel für das Instantpulver sicherlich noch.«

Kein Kaffee? Das darf doch nicht wahr sein.

»Im Übrigen gehört auch der Rest im Kühlschrank mir und ich möchte dich bitten, die Finger davon zu lassen.«

»Keine Sorge, ich esse und trinke dir schon nichts weg. Ganz im Gegenteil. Ich werde nachher in die Stadt fahren und mir einen Zwei-Wochen-Vorrat Lebensmittel und Proviant zulegen.«

Er nippt genüsslich ein weiteres Mal an seinem Kaffee. »Hört sich beinahe so an, als ob du bleiben willst.«

Warum ist er mit einem Mal so gelassen? »Worauf du wetten kannst.«

»Kein Bedarf.« Sein süffisantes Lächeln irritiert mich zusehends. Was führt er im Schilde? Ich befürchte, dass ich es früh genug herausfinden werde. Jetzt steht aber erst einmal ein Einkauf auf dem Plan, denn ohne Kaffee lässt sich der Tag nur schwer beginnen.

Super. In ganz Lillaström gibt es nur ein Café und das hat wegen eines Brandes vorübergehend geschlossen. Wo bekomme ich jetzt stattdessen meinen Kaffee her?

»Wenn du Alma nett bittest, verkauft sie dir vielleicht einen Becher Kaffee. Aber ich muss dich vorwarnen, ihr Filterkaffee schmeckt schrecklich – als ob sie alte Socken mitgekocht hätte.«

Mein Blick wandert zu dem älteren Herrn, der unweit von mir steht und mich neugierig mustert. Mit seinem beinahe kahlen Kopf schätze ich ihn auf Anfang sechzig.

»Vielen Dank für den Tipp.« Wenn ich jetzt nur noch wüsste, wer Alma ist.

Anscheinend kann er meine Gedanken lesen, denn er deutet zum Supermarkt. »Aber sag später nicht, ich hätte dich nicht gewarnt.« Seine Stimme klingt so kratzig, als hätte er seit Wochen mit Halsschmerzen zu kämpfen.

»Niemals.« Freundlich nicke ich und will mich abwenden, da fährt er unbeirrt fort.

»Falls sie behaupten sollte, dass sie keinen Kaffee hat, dann schau hinter die Obstauslage. Da steht die Kaffeemaschine.«

»Wird gemacht.« Ehe der Mann auf die Idee kommt, das Gespräch mit mir zu verlängern, hebe ich die Hand zum Gruß. »Nochmals vielen Dank für die Hilfe.« Ich bemerke, dass er weitersprechen will und mit seinen Ausführungen noch nicht am Ende ist. Zudem steht ihm die Neugier ins Gesicht geschrieben, aber mir ist nicht der Sinn nach Small-Talk. Ich brauche zuerst eine Tasse Kaffee – auch wenn er nach alten Socken schmeckt. Hauptsache Koffein. »Ich muss jetzt leider los. Bis zum nächsten Mal. *Hej då.*«

»*Hej då.* Ich bin übrigens Joris.«

»Danke, Joris«, rufe ich ihm zu und suche das Weite. Wenn ich die erste Tasse Wachmacher schon intus hätte, hätte ich mich vielleicht zu einem Plausch überreden lassen. Aber alles, an das ich momentan denken kann, ist Koffein.

Eine Ladenglocke schrillt über mir, als ich den Supermarkt betrete, der mich an einen alten Tante Emma Laden aus längst vergessener Zeit erinnert. Ein Lächeln legt sich auf mein Gesicht. In Stockholm wäre das sicher der letzte Schrei und die Menschen würden zuhauf dorthin strömen. Mich hingegen zieht es direkt zur Obstauslage. Ich folge meiner Nase, die Witterung aufgenommen hat. Diese Alma hat definitiv frisch aufgebrühten Kaffee und ich will unbedingt eine Tasse davon.

»Die Äpfel sind ganz frisch. Sie wurden heute Morgen aus dem Nachbardorf geliefert.«

Verwundert drehe ich mich um und entdecke eine Verkäuferin in einer orangefarbenen Kittelschürze, bei der es sich bestimmt um Alma handeln muss. Ihr selbstbewusstes Auftreten ließ jedenfalls keinen Zweifel daran, dass sie in diesem Laden das Sagen hat.

»Ich dachte weniger an Obst, sondern vielmehr an Kaffee.«

»Der Kaffee ist nicht verkäuflich, sondern ausschließlich für den Eigenverzehr.«

In Ordnung, ich muss harte Geschütze auffahren. »Bitte habe ein Nachsehen mit einer erschöpften Frau auf ihrer Suche nach Koffein. Allein der Duft lässt mich jeden Preis zahlen, den du verlangst.«

Stirnrunzelnd sieht sie mich an und schüttelt den Kopf. »Hast du als Kind in einer Theatergruppe gespielt?«

»Ich …«

Sie unterbricht mich. »Spare dir das. Die Kaffeemaschine steht hinter der Birnenkiste. Dort findest du auch Tassen. Macht dann zehn Kronen, *Dricks* erwünscht.«

Ich muss mich verhört haben. »Zehn Kronen?« Ungläubig starre ich die Frau an.

Ihr Gesichtsausdruck verdunkelt sich augenblicklich. »Zehn Kronen. Keine Kartenzahlung. *Dricks* erwünscht.«

Ehe sie bemerkt, dass sie mir den Kaffee quasi schenkt, nicke ich. »Ich müsste noch ein paar Besorgungen erledigen. Kann ich nachher alles zusammen zahlen?«

Sie gibt einen seltsamen Laut von sich, den ich als Zustimmung deute, und ich beschließe, ihr für ihre freundliche Art ein üppiges Trinkgeld zu geben. Ach, ich kann so herrlich zynisch sein.

»*Om det är absolut nödvändigt* – wenn es unbedingt sein muss.«

Diese Frau ist der Knüller und nur aus Respekt

fange ich nicht lautstark an zu lachen. »*Tack så mycket* – ich danke dir vielmals.«

Kaum ist sie außer Sichtweite, stürze ich mich auf den Kaffee. Nur mit ausreichender Versorgung arbeitet mein Gehirn und da ich mir keinen Einkaufszettel geschrieben habe, gilt es nun genau zu überlegen, was ich außer Kaffee sonst noch alles benötige, um Mats zu ärgern. Ich sehe es schon vor meinem inneren Auge, wie ich ihn frech anlächle und ihn wissen lasse: »*Alla mina* – alles meins.«

KAPITEL 7

Mats

Wütend starre ich auf mein Lieblingshemd, dessen Arme ungefähr auf Ellbogenhöhe abgeschnitten worden sind. Wenn ich Inger in die Finger bekomme, kann sie was erleben. Was hat sie sich nur dabei gedacht? War das etwa die Rache dafür, dass ich Salz in den Zuckerspender gefüllt habe und sie deshalb ihren frisch zubereiteten Fruchtjoghurt mit Zimt und Salz aromatisiert hat? Allein die Erinnerung an ihren angewiderten Gesichtsausdruck hebt meine Stimmung, tröstet mich allerdings nicht über mein zerstörtes Hemd hinweg.

So lustig die ein oder andere Situation auch war, in den letzten beiden Tagen bin ich durch die Hölle gegangen. Doch in Anbetracht dessen, dass meine nervende Mitbewohnerin noch immer nicht die Koffer gepackt hat, frage ich mich langsam, was ich noch alles tun muss, damit sie verschwindet. Ich habe es mit schmutziger Wäsche probiert, die ich im ganzen Haus verteilt habe. Klar, sie hat sich darüber aufgeregt, mehr aber auch nicht.

Nach meinem Salz-Zucker-Erfolg habe ich die Etiketten der Salz- und Pfefferstreuer vertauscht. Dann war da noch die Aktion mit der lauten Musik – die Heavy Metal Playlist lief so lange rauf und runter, bis selbst ich sie nicht mehr hören konnte. Außerdem habe ich es mir zur Gewohnheit gemacht, die Küche hinter mir nicht aufzuräumen.

Was Ingers Beharrlichkeit anbelangt, muss ich zugeben, dass ich mich getäuscht habe. Mehr noch – dass sie sich darauf einlassen würde, mich gleichermaßen loswerden zu wollen, überrascht mich. Oder wie sonst ist die Zahncreme in die Hosentasche meiner Jeans gelangt?

Bei all der kindischen Kabbelei ist mir jedoch nicht entgangen, wie zurückgezogen Inger lebt. Trotz des schönen Wetters führt ihr Weg sie höchstens bis zur Terrasse, wohingegen ich in den letzten beiden Tagen jede Gelegenheit genutzt habe, vor ihr zu fliehen. Wenn man so will, sind unsere Streitereien durchaus eine Abwechslung für sie, denn die restliche Zeit verkriecht sie sich in ihrem Schneckenhaus.

»Inger, ich weiß, dass du das warst. Leugnen ist zwecklos. Du schuldest mir ein neues Hemd.«

Die Tür zu ihrem Schlafzimmer öffnet sich und Inger stapft ins Wohnzimmer. Sie bleibt kurz vor mir stehen, wirft ihre langen braunen Haare zurück und funkelt mich herausfordernd an. »Woher willst du das so genau wissen?«

»Wer soll es denn sonst gewesen sein?«

»Vielleicht war es ja Tomte.«

Wie bitte? »Tomte?« Sie meint den kleinen Wichtel, über den sich zahlreiche Geschichten ranken? »Dann erkläre mir mal, wie es sein kann, dass mein Hemd heute Morgen noch an einem Stück war und heute Nachmittag plötzlich die Unterarme fehlen. Heißt es nicht immer, Tomte ist nur in der Nacht aktiv?«

Gleichgültig zuckt sie mit den Schultern.

»Außerdem ist Tomte handwerklich begabt.« Ich halte das Hemd in die Höhe. »Sieht das hier etwa nach handwerklicher Begabung aus?«

»Vielleicht näht Tomte ja heute Nacht die Ärmel wieder dran.«

Ihr süffisantes Lachen macht mich fuchsteufelswild, doch gleichzeitig würde ich gern einstimmen. Seit ich Inger kenne, habe ich sie kaum Lachen gesehen und muss zugeben, dass ihr das äußerst gut steht. Es ist ehrlich, natürlich und offen – auch wenn es auf meine Kosten und die meiner Kleidung geht.

Hat Frida eigentlich jemals so herzlich gelacht? Ich kann mich beim besten Willen nicht daran erinnern. Am liebsten hat sie sich als unnahbare Schönheit inszeniert. Wenn sich ihre Mundwinkel einmal verzogen, dann höchstens zu einem Lächeln. Aber Lachen? Nein, das ist nicht die Art von Frida Jensen.

»Hör auf, mich anzustarren.«

»W-Was?« Inger hat recht. Ich starre sie an, was überhaupt nicht meine Absicht war. Sie ist zwar eine äußerst attraktive Frau, aber keine, die man anstarrt – im Gegensatz zu Frida. Allein ihre langen Beine sind ein Hingucker und ...

»Du tust es schon wieder. Hör auf damit.« Inger fährt sich über ihre nackten Arme, die sie vor ihrer Brust verschränkt, und ich merke ihr an, dass sie sich unwohl fühlt.

»Entschuldige bitte. Ich war in Gedanken. Ich wollte dich nicht anstarren.« Rasch wende ich den Blick ab. Natürlich wäre es mir am liebsten, Inger würde Reißaus nehmen und ihre Koffer packen, aber nicht, weil sie sich in meiner Gegenwart beklommen fühlt, sondern weil sie die Schnauze von mir voll hat. Jetzt ist es an mir, zu schmunzeln.

»Was gibt es da zu lachen?«

»Ich frage mich gerade, was du als Nächstes anstellen wirst, um mich aus dem Haus zu vertreiben. Tote Mäuse in meinem Bett? Eine Voodoo Puppe? Vielleicht gießt du auch Benzin über meinen Koffer und zündest ihn an?«

»Bring mich nicht auf dumme Ideen, Mats.« Und wieder dieses ehrliche Lachen.

»Du solltest öfter lächeln. Das steht dir.«

»Bisher hatte ich in deiner Gegenwart keinen Grund dazu. Und auch jetzt glaube ich, dass dies einzig und allein Tomte und nicht dir zuzuschreiben ist.«

»Was auch immer der Grund dafür ist, möge der Zustand möglichst lange anhalten.«

»In Ordnung. Ich brauche nur eine Schere …«

Mit schiefliegendem Kopf mustere ich sie. »Dann gibst du es also doch zu, dass du mein Hemd umgebracht hast?«

»Wenn überhaupt, habe ich es erlöst. Wer zu Hölle trägt denn heute noch blau-gelb karierte Flanellhemden?«

»Noch ein Wort gegen mein Hemd und ich schwöre dir, ich werfe dich in den See.«

»Als ob du so kräftig wärst und mich in den See werfen könntest.«

Prima. Jetzt zieht sie mich auch noch auf. »Wollen wir es drauf ankommen lassen?« Angriffslustig gehe ich einen Schritt auf sie zu. Verwundert bemerke ich, dass sie sich ebenfalls einen Schritt auf mich zubewegt.

»Das würdest du dich niemals trauen.«

Und ob ich das würde. Um ihr zu demonstrieren, dass ich dazu bereit bin, verringere ich den Abstand und stehe direkt vor ihr. Dieses Mal schaut *sie* überrascht. Hat sie mir wohl nicht zugetraut.

»Noch ein weiterer Fall von Sachbeschädigung und du bist fällig.« Kaum habe ich ausgesprochen, überlege ich, ob meine Worte zu zweideutig waren. »Fällig für ein Bad im See.«

Ingers Wangen haben sich verfärbt und schimmern rot. Wäre sie nicht ausgerechnet eine der nervigsten Personen, die ich kenne, hätte ich es süß gefunden. Womöglich hätte ich dann auch ihren dunklen Augen und ihren vollen Lippen mehr Aufmerksamkeit geschenkt, aber so … Anstatt eines Komplimentes blaffe ich sie hingegen an. »Halt dich einfach von meinen Sachen fern.«

»Das wäre viel einfacher, wenn du sie nicht überall herumliegen lassen würdest. Solange du diesen Saustall nicht aufräumst, garantiere ich für nichts.«

»Du kannst ja gehen, wenn es dir nicht passt.«

Sie reckt ihr Kinn, sieht mir fest in die Augen und funkelt mich an. »Das könnte dir so passen. Hoffe lieber darauf, dass es irgendwo in Lillaström Kleidung zu kaufen gibt.« Mit diesen Worten lässt sie mich stehen und geht auf die Terrasse.

Tatsächlich bin ich ein wenig beunruhigt. Ich schätze Inger nicht als den Typ Frau ein, der schnell aufgibt. Besser, ich werde mein Zeug wegräumen, ehe sie ihrer Androhung Taten folgen lässt.

Während ich den Inhalt meines Koffers wieder zusammenräume, den ich innerhalb der letzten beiden Tage überall im Wohnbereich verteilt habe, schießt mir ein Gedanke durch den Kopf. Inger hat das geschafft, woran ich seit Wochen scheitere: Sie hat mich abgelenkt. Die ständigen Reibereien mit ihr und die Überlegungen, wie ich sie am besten aus dem Haus vertreiben kann, um in Ruhe meine Wunden zu lecken, haben mich zeitweise den eigentlichen Grund meiner Reise vergessen lassen. Seit Inger mich mit ihrem kitschigen Regenschirm erschlagen wollte, hat sie meine bis dahin stetigen Gedanken um Frida in den Hintergrund verdrängt.

Sollte ich ihr am Ende womöglich noch dankbar sein? Sicher nicht, auch wenn ich an unserem fortwährenden Schlagabtausch zwischenzeitlich beinahe Gefallen finde. Wer hätte es für möglich gehalten, dass Inger, die ich sonst nur als kontrollierte und überhebliche Person kennengelernt habe, so herrlich kindisch sein kann? Natürlich auf meine Kosten, aber durchaus mit Unterhaltungsfaktor. Oder wie sonst lässt sich mein herzliches Lachen über ihren misslungenen Versuch erklären, mir ein Furzkissen unterzuschieben? Unabhängig davon, dass ich keine Ahnung hatte, woher dieses Furzkissen auf einmal kam, war ihr frustrierter Gesichtsausdruck herrlich, als sie aufgeflogen ist. Ein Furzkissen? Also bitte, da hätte ich ihr durchaus mehr zugetraut.

Meine gute Laune legt sich wieder, denn ich muss an mein Lieblingshemd denken. Klar, blau-gelb karierte Flanellhemden sind vielleicht nicht gerade der letzte Schrei, aber ich mochte es.

Ist das eigentlich so ein Frauen-Ding? Ich kann mich nämlich noch gut daran erinnern, dass Frida das Hemd ebenfalls gehasst hat, weshalb ich es über Monate nicht getragen habe.

Ich horche auf, denn eine mir bekannte Melodie dringt plötzlich an mein Ohr und ich blicke zur Terrasse, wo noch immer Inger steht und auf den wunderschönen See blickt. Sie zieht ihr Handy aus der Tasche ihres ausgeblichenen blauen Hoodies mit der Aufschrift ›Hardrock Café Chicago‹ und dreht sich frech grinsend zu mir um.

Okay, noch deutlicher hätte sie mir ihren Standpunkt nicht zeigen können. Oder in diesem Fall besser vorspielen? Gestern war noch der klassische Klingelton des Herstellers zu hören, den gefühlt jeder zweite Benutzer ausgewählt hat. Dieses Mal ist es das Intro einer meiner Lieblingskinderserien. Das freche, rothaarige Mädchen, mit den albernen Zöpfen und den knallbunten Strümpfen, die sich ihre Welt stets so macht, widdewidde wie sie ihr gefällt: *Pippi Langstrumpf*.

Es kann demnach kein Zufall sein, dass Inger ausgerechnet den gleichen Namen trägt wie die Hauptdarstellerin dieser amüsanten Serie. Aber ob

Inger Nilsson im echten Leben auch so frech war wie Pippi Langstrumpf oder wie Inger Sadlow, die mir seit zwei Tagen das Leben schwer macht?

Glücklicherweise wendet sie sich wieder ab und sieht nicht, wie sich ein Grinsen in mein Gesicht schleicht.

Die Terrassentür ist nur angelehnt und ich bin verwundert, dass Ingers Ton und ihre Laune nach einer zunächst freundlichen Begrüßung umschlagen. Wer ist diese Swantje?

KAPITEL 8
Inger

Mein Herz rast. Als ich den Namen auf meinem Handydisplay sehe, weiß ich, dass mich keine guten Nachrichten erwarten. Dabei war doch eben noch alles in Ordnung. Mats hat sich wie erhofft über meinen kleinen Streich aufgeregt, auch wenn ich ihn dadurch immer noch nicht dazu bringen konnte, dass er endlich von hier verschwindet. Doch vorläufig reicht mir sein überraschter Gesichtsausdruck, den er beim Klang meines neuen Handy-Klingeltones bekommen hat. Hoffentlich hat er die Botschaft verstanden. Pippi hat nie aufgegeben und ich werde das auch nicht tun. Vielleicht haben meine Eltern mir gerade aus diesem Grund den gleichen Namen wie den der Hauptdarstellerin aus der Serie – Inger Nilsson – gegeben? Ein Glück, dass sie mich nicht auf den Namen Pippi getauft haben. Schlimm genug, dass meine Mitschüler mir diesen Spitznamen verpasst hatten.

Wobei mich im Nachhinein betrachtet der Spitzname nicht mehr stört. *Pippi Langstrumpf* war schon immer großartig – genau wie ich, rede ich mir in diesem Moment selbst ein, ehe ich das Gespräch annehme.

»Swantje, *hej*.«

»*Hej*, Inger, kann ich dich kurz in deinem Urlaub stören?«

Ich erspare mir den Hinweis, dass sie das bereits getan hat. »Klar, was ist los?«

»Nun, ähm … Es ist … Also …« Ich kann die Unsicherheit in ihrer Stimme hören.

Alarmiert dränge ich sie, weiterzusprechen, obwohl ich bereits ahne, dass mir nicht gefallen wird, was sie mir zu sagen hat. »Swantje, mach bitte einen Satz daraus.«

»Jerik lässt dir mitteilen, dass er auf deine sofortige Rückkehr besteht. Er will, dass du spätestens morgen wieder im Büro bist und …«

»Das ist doch nicht sein Ernst?« Mein Puls schnellt in die Höhe und ich spüre ein Zittern in meinen Knien. »Das kann er unmöglich verlangen. Wir hatten eine Absprache.«

»Davon weiß ich leider nichts. Ich mache nur das, was er mir aufgetragen hat. Und er sagte, dass du spätestens morgen wieder im Büro sein musst.«

»Was ist sein Problem? Ich habe alle Aufgaben übergeben und es kann doch nicht sein, dass ich nicht einmal zwei Tage wegbleiben kann, ohne dass etwas passiert.« Ich bemerke, wie laut ich geworden bin.

Swantjes Stimme klingt weinerlich. »Aber ich weiß es doch nicht, Inger. Kläre das doch bitte direkt mit ihm. Allerdings ist er heute unterwegs und hat mich darum gebeten, keine Telefonate an ihn weiterzuleiten.«

Das wollen wir doch mal sehen. »Schon gut, Swantje. Ich werde das klären.«

»Dann kann ich ihm ausrichten, dass du morgen wieder zurück bist?«

»Du brauchst ihm nichts auszurichten. Das mache ich selbst.«

»Aber Inger ...«

»*Hej då,* Swantje.«

Ihre Antwort warte ich nicht ab. Stattdessen drücke ich den roten Knopf auf dem Display und bin kurz versucht, das teure Telefon frustriert auf den Boden zu knallen. In meinen Ohren rauscht es und Panik überkommt mich.

Dieses Gefühl der Hilflosigkeit hat mich erst vor kurzem in diesen unsäglichen Ausbruch getrieben, der im Krankenhaus endete. So etwas will ich nicht noch einmal erleben müssen. Die Angst, beim nächsten Mal könnte es nicht so glimpflich für mich ausgehen, treibt mich an, für mich einzustehen und das Unvermeidliche nicht länger aufzuschieben.

Meine Finger zittern, als ich im Telefonverzeichnis meines Handys den Kontakt von Jerik Olsson suche. Ein kalter Schauder jagt mir über den Rücken, als ich die Nummer antippe. Hoffentlich geht dieser … dieser … Tyrann ans Telefon. Wer weiß, ob ich später noch einmal den Mut aufbringe, ihm an den Kopf zu werfen, was ich ihm zu sagen habe.

»Hat Swantje dich nicht erreicht?«

Wow, eine tolle Begrüßung. Wie wäre es zur Abwechslung mal mit ›Guten Tag, Inger. Wie geht es dir? Hast du dich gut erholt?

»Dir auch einen schönen guten Tag, Jerik.« Diese Spitze kann ich mir nicht verkneifen.

»Werde jetzt ja nicht frech, Inger, sonst …«

»Das war nicht frech, das war höflich, Jerik. Aber um deine Frage zu beantworten: Ja, Swantje hat mich erreicht. Wir haben eben unser Telefonat beendet, das bei mir auf Unverständnis gestoßen und deshalb auch der Grund meines Anrufs bei dir ist. Hatten wir nicht eine Vereinbarung?«

»Eine Vereinbarung? Du machst wohl Witze. Du hast mir die Pistole auf die Brust gesetzt und mich erpresst. Ich habe mich großzügig gezeigt und dir zwei Tage zugestanden, das muss reichen. Ich verlange von dir, dass du morgen wieder zurück im Büro bist. Ansonsten …«

»Ansonsten was, Jerik?« Droht er mir etwa? In mir regen sich alle Lebensgeister. Niemand geht so mit mir um. Ich habe stets gute Arbeit abgeliefert und immer im Sinne seines Unternehmens gehandelt. Und jetzt das? Bin ich denn gar nichts wert? Hat er mir nicht zugehört, als ich ihm sagte, dass ich eine Pause nötig habe?

»Ansonsten zwingst du mich zu einer Entscheidung, die dir nicht gefallen wird.«

Die Melodie von *Pippi Langstrumpf* schleicht sich in meinen Kopf. *Ich mach mir die Welt, widdewidde wie sie mir gefällt.* Pippi hat nie lange gezögert und ist Probleme direkt angegangen. *Hey, Pippi Langstrumpf, die macht was ihr gefällt.*

»Ich denke eher, dass du *mich* zu einer Entscheidung zwingst, die dir nicht gefallen wird.«

»Wie darf ich das nun wieder verstehen?« Seine Stimme klingt alarmiert und wütend. Er weiß genau, was ich jetzt tun werde.

»Jerik, hiermit kündige ich fristgerecht mein bestehendes Arbeitsverhältnis mit dir zum Dreißigsten des Folgemonats. Eine Übergabe meiner aktuellen Projekte ist bereits erfolgt, weshalb ich ab diesem Zeitpunkt meinen Anspruch auf Urlaub, Resturlaub und Überstundenausgleich geltend mache. Den Rest darfst du mir gern mit meinem letzten Gehalt auszahlen. Natürlich erhältst du meine Kündigung in Kürze schriftlich, per Post. Ich wünsche dir noch einen angenehmen Tag.«

Er brüllt ins Telefon, doch das ist mir im Moment egal. Ich will einfach das Gespräch beenden.

Meine Hände zittern, während ich auflege.

Sekundenlang bleibt es ruhig um mich herum. Nur das Rauschen in meinen Ohren und das Hämmern meines Herzens gegen meine Brust nehme ich wahr.

Was habe ich da eben getan? Bin ich völlig bescheuert? Ich habe gerade meinen Job gekündigt und bin somit arbeitslos. In dem Moment, in dem ich die Kündigung ausgesprochen habe, hat es sich gut angefühlt, aber ich habe keine Sekunde über die Konsequenz nachgedacht.

Ruhelos gehe ich auf der Terrasse hin und her und zweifle meine Entscheidung an. Ob ich Jerik noch einmal anrufen soll? Nein, das werde ich unter keinen Umständen tun. Der Kerl hat meine Kündigung verdient. Andererseits habe ich jetzt keinen Job mehr. Und was passiert mit meinen Projekten? Lässt mich das nicht unprofessionell erscheinen? »So ein verdammter Mist.«

»Lass mich raten, das Telefonat ist nicht gut gelaufen?«

Ich fahre überrascht herum und entdecke Mats, der auf die Terrasse tritt. Er sieht mich sorgenvoll an und ich weiß nicht, was mich mehr irritiert. Sein Blick oder die Tatsache, dass ich für seine mitleidige Miene dankbar bin.

Tief seufze ich. »Nein, ist es nicht. Hast du etwa gelauscht?«

»Du warst so laut, dass ich dich unmöglich überhören konnte.«

Resigniert ziehe ich die Schultern nach oben. »Na dann weißt du ja bereits, dass ich völlig unüberlegt meinen Job gekündigt habe und jetzt arbeitslos bin.« Tränen brennen in meinen Augenwinkeln und ich wische sie rasch weg, damit Mats mich nicht für eine Heulsuse hält. Wobei … eigentlich ist es mir egal, was er über mich denkt.

»Noch bist du nicht arbeitslos. Und mal ehrlich, bei deinen Qualifikationen findest du in Nullkommanichts einen neuen Job. Doch was hat dich zu dieser überstürzten Entscheidung getrieben?« Er wirkt ehrlich interessiert.

Was solls, dann erzähle ich es ihm eben. »Fortwährende zwölf bis sechzehn Stunden Arbeitstage und die Tatsache, dass ich zum dritten Mal in Folge bei einer Beförderung übergangen wurde. Der respektlose Umgang mit mir und der Arbeit, die ich leiste. Die Art der Kommunikation mit mir. Die hirnrissigen Pläne von Menschen, die überhaupt keinen Einblick in das Unternehmen, die aktuellen Projekte und unsere Arbeit haben – die uns aber vorgesetzt werden. Die Argumentation, mit der neue Leute in den Betrieb geholt werden, um sich selbst zu verwirklichen, und alles auf den Kopf zu stellen, ohne auch nur einmal die Notwendigkeit und die bestehenden Prozesse zu hinterfragen.

Reicht dir das als Antwort?«

Leider klang mein ganzes Gejammer nicht gerade freundlich. Und wenn schon. Was schert mich Mats?

Er fährt sich durch seinen braunen Schopf und ich kann beobachten, wie sein gelocktes Haar wieder in seine ursprüngliche Form zurückfindet. »Hört sich ganz so an, als ob du die richtige Entscheidung getroffen hast.«

»Das mag ja vielleicht sein, aber meine Brötchen zahlen sich nicht von allein.«

»Mal doch nicht gleich den Teufel an die Wand, Inger. Nach allem, was ich von dir weiß, und was du mir damals erzählt hast, bist du ziemlich gut in deinem Job. Du solltest das Ganze als Chance sehen.«

»Das klingt so leicht aus deinem Mund.« Deprimiert setze ich mich auf die oberste Stufe des Treppenabganges, der in den Garten führt. »Ich kann nicht noch einmal von vorn beginnen. Die Kraft habe ich nicht.« Im Gegenteil, seit meinem kurzen Krankenhausaufenthalt fühle ich mich um Jahre gealtert. Zwei Tage bin ich nun in Lillaström, aber anstatt mir über meine Zukunft Gedanken zu machen, starre ich einfach nur ins Leere. Und was habe ich jetzt davon? Hätte ich mir nur mal zuvor überlegt, was ich will, dann wäre das Gespräch mit Olsson vielleicht anders verlaufen. Wobei … Nein, das wäre es nicht. Aber dann hätte ich wenigstens einen Plan B. So habe ich nichts. Außer einen unliebsamen Mitbewohner auf Zeit, der mir mit seinen heile Welt Floskeln auf die Nerven geht.

Mats setzt sich neben mich und blickt zum See. »Lass dir von niemandem deine Kraft rauben.« Seine Stimme klingt betroffen, so, als ob er es mehr zu sich selbst sagt als zu mir. »Wenn ich eines in den letzten drei Tagen gelernt habe, dann diese Erkenntnis. Es mag zu Beginn vielleicht schmerzhaft sein, aber ohne all den Ballast sind wir kraftvoller, als wir denken.« Ich spüre seinen Blick auf mir. »Hast du Lust auf einen Spaziergang? Die Luft ist herrlich und bei einem Fußmarsch durch die bunten Wälder lässt sich hervorragend Ballast abwerfen.«

Ist das sein Ernst? Mats lädt mich zu einem Spaziergang ein? »Habe ich mich eben verhört? Du willst mit mir durch den Herbstwald spazieren?«

»Hast du was Besseres vor?«

Mir liegt schon ein bissiger Kommentar auf den Lippen, den ich mir aber verkneife. »Ja.« Mist. Manchmal sollte ich mir selbst mehr Zeit geben, bevor ich antworte. »Das war ein Witz, Mats. Ich komme gern mit. Aber bitte erspar mir irgendwelche gutgemeinten Hobbypsychologen-Sprüche.«

»Die gibt es heute aber kostenlos.«

Ich kann nicht anders und lache. Moment, ich lache über etwas, das Mats gesagt hat?

KAPITEL 9

Mats

Notiz an mich selbst: Du bist bescheuert. Habe ich gerade wirklich Inger Sadlow zu einem gemeinsamen Spaziergang eingeladen? Ausgerechnet die Frau, die mein Lieblingshemd zerstört hat?

Andererseits muss ich eingestehen, dass mich Ingers Telefonat nicht kalt gelassen hat. Klar habe ich mitgehört, aber nicht, weil ich sie belauschen wollte, sondern weil sie die Tür nicht geschlossen hat, als sie kurz zuvor nach draußen ging. Den Inhalt des Gespräches konnte ich schnell umreißen, umso verblüffter war ich, dass sie bei ihrem zweiten Telefonat plötzlich ihre Kündigung ausgesprochen hat. Inger habe ich bisher nicht als impulsiven Menschen kennengelernt, jedenfalls nicht, wenn es um ihren Job ging. Daraus, wie viel ihr ihre Arbeit bedeutet, machte sie auch bei unserem verpatzten Date keinen Hehl. Jetzt wäre es nur noch interessant herauszufinden, was ihr Antrieb zu dieser schnellen und einschneidenden Entscheidung war.

Irgendwie tut sie mir leid. Wie sie völlig aufgelöst die Terrasse entlanggehetzt ist, mit der Verzweiflung im Gesicht … Vielleicht habe ich mich auch deshalb verantwortlich dafür gefühlt, sie auf andere Gedanken zu bringen?

»Wer hätte noch vor einer Stunde gedacht, dass ich heute gemeinsam mit dir am See entlangspaziere?«

Ehrlich antworte ich ihr: »Ich hätte es nicht einmal vor dreißig Minuten gedacht.«

Sie seufzt und schüttelt den Kopf. »Was für ein verrückter Tag.«

»Gerade du musst was von verrückt sagen. Du hast ein Verbrechen verübt und es auf Tomte geschoben.« Ob ich jemals über den Verlust hinwegkommen werde?

Anstatt mir zu antworten, vergräbt sie die Hände in den Taschen ihrer dunkelblauen Daunenweste, die sie über ihrem weißen Longtop angezogen hat, ehe wir losgegangen sind. Sie wirft ihr offenes braunes Haar über die Schulter und richtet ihren Blick zum Himmel.

»Der Tag ist wunderschön und es riecht wundervoll.« Inger bleibt stehen, nimmt einen tiefen Atemzug und schließt verträumt die Augen. Sie lässt den Kopf in den Nacken fallen und ich bin erstaunt, was die Sonnenstrahlen auf ihrem Gesicht zaubern. Es sind doch die Sonnenstrahlen, die sie erstrahlen und zufrieden lächeln lassen?

Starre ich sie etwa schon wieder an? Schnell räuspere ich mich. »Ähm, es riecht wundervoll? Was genau meinst du damit?«

»Na die Luft. Sie riecht nach Sonne und Herbst. Eine wundervolle Kombination.« Sie hebt ihren Kopf. »Keine Ahnung, wann ich das zuletzt bewusst gerochen habe. Dabei habe ich es immer geliebt, wenn der Duft der wechselnden Jahreszeiten in der Luft lag.«

»Du bist in letzter Zeit nicht oft in der Natur unterwegs gewesen, oder?«

»Nein, war ich wohl nicht.« Sie legt ihre Stirn in Falten und zeigt sich nachdenklich. »Vielleicht ist das der Grund, weshalb ich von Agis Vorschlag so schnell begeistert war.«

»Also, was das anbelangt …« Jetzt frag sie schon endlich, ermahne ich mich selbst. »Ich habe noch immer nicht so genau verstanden, weshalb es dich ausgerechnet nach Lillaström verschlagen hat. Reisen Frauen wie du nicht eher nach New York zum Shopping oder nach Bali zum Schnorcheln, wenn sie sich etwas Gutes tun wollen?«

»Frauen wie ich?«

Ehe sie etwas falsch verstehen kann, spreche ich weiter: »Erfolgreiche Frauen, die mit beiden Beinen im Leben stehen und sich gern mal was gönnen.«

»Das mag schon sein. Nur bin ich nicht wie die

meisten Frauen. Mir reicht ein kleines Ferienhaus – irgendwo im Nirgendwo in Schweden.«

Täusche ich mich, oder wirkt sie plötzlich bedrückt? Dabei hat sie doch eben noch mit der Sonne um die Wette gestrahlt. »Verrätst du mir den Grund, für deine Auszeit in Lillaström?«

Erneut ein Seufzen.

»Du musst nicht, wenn du nicht willst.«

»Es fühlt sich seltsam an, ausgerechnet dir den Grund anzuvertrauen. Vielleicht willst du mir die Entscheidung leichter machen und erzählst mir, was dich nach Lillaström getrieben hat? Solltest du nicht mit der Supermodel-Freundin an irgendeinem Strand liegen, wo sie dir ihren neuesten Bikini präsentieren kann?«

Es ist nur fair, dass Inger auch nach meinem Grund fragt, deshalb entscheide ich mich, ehrlich zu sein. »Den Bikini präsentiert sie lieber einem anderen.«

»Was? Ihr seid schon wieder getrennt? Das wievielte Mal ist das jetzt? Das Fünfte?«

»Das vierte Mal«, gestehe ich und höre selbst, wie dämlich das klingt. Wer trennt sich denn bitte vier Mal von ein und derselben Person? Spätestens beim zweiten Mal sollte man es doch besser wissen, oder nicht? Ich wusste es jedenfalls nicht. Und vermutlich hätte ich es heute noch nicht begriffen, wenn …

»Wie lange dauert es, bis ihr euch das nächste Mal versöhnt und wieder zusammenkommt?«

»Das wird nicht passieren. Nicht dieses Mal.« Dass ich die Male zuvor schon so blöd war, und immer wieder aufs Neue auf Frida hereingefallen bin, nervt mich bis heute. Wäre ich nur nicht so verliebt gewesen, hätte sie mir auch nicht das Herz rausreißen können.

»Was macht dich da so sicher?«

»Der Kerl, der in ihrem Bett lag, als ich sie nach ihrer Frankreich Reise überraschen wollte.«

»Nicht dein Ernst?« Entgegen meiner Erwartung spiegelt sich Mitleid in Ingers Gesichtsausdruck wider. »Sie hat dich betrogen?«

»Jupp.«

»So ein Miststück. Hat sie das die Male zuvor auch schon getan?«

Exakt die gleiche Frage habe ich mir in den letzten Wochen immer und immer wieder selbst gestellt. »Ich weiß es nicht. Sie sagt, nein.«

»Und glaubst du ihr?«

»Ist das zwischenzeitlich nicht egal?«

»Hm.« Inger geht langsam weiter. »So, wie du aussiehst, ist es dir nicht egal. Oder weshalb sonst vergräbst du dich im Ferienhaus der Bergmans? Du hast Liebeskummer, was bedeutet, dass sie dir nicht egal ist.«

Hastig folge ich ihr, denn ich muss da dringend

was klarstellen. »Ich vergrabe mich hier doch nicht. Wenn sich jemand vergräbt, dann doch du. Im Gegensatz zu dir habe ich wenigstens schon einmal die wunderschöne Gegend und Lillaström erkundet, und in der Bar ein paar nette Leute kennengelernt. Du hingegen kommst kaum aus dem Schlafzimmer heraus und wenn, dann stellst du nur allerhand Unfug an.«

»Rennst du nicht viel eher davon? Egal, wie weit du hier durch die Gegend wanderst, du suhlst dich in Selbstmitleid und versuchst, dein gebrochenes Herz zu heilen. Hilft es wenigstens?« Sie sieht mich fragend an. Die Sanftheit in ihrer Stimme überrascht mich.

»Ich hoffe.« Dann muss ich lächeln. »Ich gebe zu, du hast mich ganz schön von meinem Kummer abgelenkt.«

»Dann hatte es wenigstens ein gutes, hierher zu kommen.«

Meine Neugier steigt. »Gut. Du kennst meinen Grund, jetzt verrate mir, was dich nach Lillaström getrieben hat.«

»Nur wenn du mir versprichst, es niemals gegen mich einzusetzen.«

Ich hebe meine Hand in die Höhe. »Ich schwöre.« Jetzt bin ich aber wirklich neugierig. Doch wenn sie mir mit ihrer Beichte eine Steilvorlage liefert, bin ich mir nicht sicher, ob ich mich an meinen Schwur halten kann.

»Ich hatte neulich bei Agi im Laden … also ich hatte …«

»Was hattest du?«, ermutige ich sie, weiterzusprechen.

»Ich hatte so eine Art kleinen Nervenzusammenbruch.«

Ausgerechnet Inger? Die selbstkontrollierteste Person, der ich je begegnet bin und vor der selbst ein Bleistift kuschen würde, hatte einen Nervenzusammenbruch? »Niemals. Das glaube ich dir nicht.«

»Ich konnte es zunächst auch nicht glauben, aber als ich mich plötzlich an Agis Seite im Krankenhaus wiedergefunden habe, wurde es leider zur Realität.«

Schockiert halte ich Inger am Arm zurück und drehe sie zu mir um. »I-Ich … Ich weiß gar nicht, was ich sagen soll. Was war der Grund?« Die Dominosteine fallen und mir wird klar, wie es dazu gekommen ist. »Okay, du brauchst nichts zu sagen. Dein Chef?«

»Mein Chef. Der Job. Wieder einmal übergangen worden zu sein. Mangelnder Schlaf. Such dir etwas aus.«

»Aber du weißt schon, dass das auf Dauer nicht gesund sein kann.«

Sie entreißt mir ihren Arm und hält abwehrend

ihre Hände in die Höhe. »Natürlich weiß ich das, ich bin doch keine Idiotin. Aber was bitte hätte ich tun sollen? Die Arbeit macht sich schließlich nicht von allein.« Erschrocken sieht sie mich an. »Sorry, für meinen Ausbruch.« Sie schließt für einen Moment die Augen und atmet tief durch. »Alles, was ich brauche, ist eine kleine Auszeit und ein wenig Ruhe.«

Allmählich dämmert es mir, warum Inger ausgerechnet nach Lillaström gekommen ist. So wie es aussieht, haben wir beide unsere Gründe, uns im Ferienhaus der Bergmans einzuquartieren. »Beides suchst du vermutlich hier?«

»Ich ergänze: Einen Job suche ich zwischenzeitlich auch noch.«

»Wenigstens hast du deinen Humor nicht verloren.«

»Nein, ich sagte doch, nur meinen Job.«

Obwohl ihr Spruch vor Zynismus trieft, muss ich lächeln und bin erleichtert, als sie mein Lächeln erwidert.

»Was mache ich denn jetzt nur mit dir?« Als ob es mich etwas angeht, wie es ihr geht. Warum zeige ich mich ihr gegenüber plötzlich als Softie? Habe ich schon vergessen, welche dämlichen Streiche sie mir in den letzten beiden Tagen gespielt hat? Wobei … Natürlich habe ich meinen Teil dazu beigetragen.

»Nur weil ich dir davon erzählt habe, heißt das noch lange nicht, dass wir jetzt so etwas wie Freunde sind. Du musst dich nicht um mich kümmern, Mats. Ich komme schon allein zurecht.«

Diese sture Frau. »Dir ist aber schon bewusst, dass dich genau diese Einstellung dorthin gebracht hat, wo du aktuell bist?«

Mir scheint, das will sie nicht hören. Aufgebracht stapft sie davon und ich werde mich hüten, ihr zu folgen. Wer weiß, was sie dann mit mir anstellt.

Nach wenigen Metern stoppt sie und dreht sich zu mir um. »Was ist jetzt mit dir? Kommst du? Wenn du mich auf andere Gedanken bringen willst, dann geh gefälligst mit mir nach Lillaström. Du solltest dringend deine Vorräte aufstocken.«

Was redet sie da? Ich habe noch genügend Lebensmittel im Kühlschrank und … Mir schwant böses. »Inger? Was hast du mit dem Essen gemacht?«

»Sagen wir mal so, der Pfefferstreuer ist mir in deinen Aufschnitt gefallen und dein Käse ist kein natürlicher Blauschimmel-Käse.«

Einen Moment bin ich hin und her gerissen, ob ich verärgert oder amüsiert sein soll. Die Frau weiß wahrlich, sich zur Wehr zu setzen. Ich entscheide mich daher für Letzteres und folge ihr auf unserem gemeinsamen Weg nach Lillaström.

KAPITEL 10

Inger

Agi hat nicht gelogen, als sie mir immer wieder versichert hat, wie schön es in und um Lillaström ist – gerade zur Herbstzeit. Das goldene Sonnenlicht, das die buntgefärbten Blätter wie im Scheinwerferlicht glänzen und dadurch noch farbenfreudiger erstrahlen lässt, zeigt sich als wunderschönes Naturschauspiel. Dieses Fleckchen Erde ist wirklich etwas Besonderes. Diesen ruhigen und beseelten Moment sollte man mit der Kamera einfangen und für die Nachwelt aufbewahren. Allerdings befürchte ich, dass niemand es schaffen würde, mir mit Fotografien die gleiche Gänsehaut zu bescheren.

Obwohl ich niemals damit gerechnet habe, genieße ich den Spaziergang mit Mats durch die herbstliche Landschaft. Nachdem er mich wegen meines Attentats auf seine Vorräte noch eine Weile aufgezogen hat, gehen wir schon seit geraumer Zeit schweigend nebeneinanderher. Wir folgen einem Schotterweg durch den Wald und ich bin noch immer darüber überrascht, wie gut es sich angefühlt hat, meinen Kummer mit jemandem zu teilen – auch wenn derjenige ausgerechnet Mats Thornberg heißt.

Im Nachhinein brennen mir allerdings ein paar Fragen auf der Seele, die ihn betreffen und die ich in naher Zukunft unbedingt loswerden will. Warum hat er sich nur immer wieder in eine Beziehung mit dieser arroganten Ziege Frida gestürzt? Immerhin war ihr anzumerken, wie überheblich und eingebildet sie ist. Klar, die Frau ist wunderschön, sie ist ja auch Model. Doch ungeachtet dessen, dass sich nach meinem desaströsen Date mit Mats unsere Wege nur ein paar wenige Male in Mikas Club oder bei den Geburtstagsfeiern der Zwillinge gekreuzt haben, hat sie keine Gelegenheit ausgelassen, mich abfällig zu mustern. Ich denke also, dass ich trotz meiner Voreingenommenheit nicht überzogen über sie urteile.

»Bist du dir sicher, dass wir noch richtig sind? Wir gehen bestimmt schon seit zwanzig Minuten diesen Weg entlang und mit Ausnahme des kleinen Häuschens am See, an dem wir schon vor Ewigkeiten vorbeigekommen sind, kann ich weder Häuser noch befestigte Wege erkennen.« Vorsichtshalber ziehe ich mein Handy aus der Gesäßtasche und werfe einen Blick auf das Display. Kein Netz.

Das war ja klar.

»Spar dir die Mühe. Hier draußen hast du keinen Empfang.« Mats scheint die Tatsache wenig zu stören.

»Wen rufe ich dann um Hilfe, wenn dein Plan von vornherein war, mich hier mutterseelenallein und hilflos auszusetzen?«

»Ach, sicherlich kommt irgendwann ein Elch vorbei, den du nach dem Weg fragen kannst.«

Ist es nicht irrwitzig, dass ich an diesem Tag nicht zum ersten Mal über einen von Mats Scherzen lachen muss? Nie hätte ich gedacht, dass der Kerl lustig sein kann. Zumal ich aus meinem Misstrauen ihm gegenüber nicht gerade ein Geheimnis gemacht habe.

»Du könntest ihm den Namen ›großer Vetter‹ geben.«

Stehe ich auf dem Schlauch, oder was will er mir sagen?

»Das würde doch hervorragend passen. Oder nicht, Pippi?«

Ach, das meint er. Es ist eine Anspielung auf meinen Namen und meinen neuen Klingelton. *Pippi Langstrumpf* und ihr Pferd, das sie auf den Namen *Kleiner Onkel* getauft hat. Ich schmunzle erneut. Mats kann echt witzig sein – wenn er will.

»Und welche Rolle schreibst du dir zu? Dorfpolizist Kling oder Klang? Oder vielleicht der Messerjocke?« Mir kommt eine Idee und noch ehe ich meinen Gedanken aussprechen kann, muss ich laut loslachen.

Mats seufzt, stoppt und sieht mich erwartungsvoll an. »Jetzt bin ich aber gespannt.«

»Würde nicht die Rolle des Hausierers gut zu dir passen? Wie war noch gleich sein Name?«

Mats verdreht die Augen. Ich weiß, dass er den Namen kennt, ihn mir nur nicht verraten will.

»Jetzt sei kein Spielverderber.«

»Einen Teufel werde ich tun, dir den Namen zu verraten.«

Er verrät mir vielleicht nicht den Namen, aber er kann nicht verbergen, wie sehr er sich amüsiert. Verdammt, wann sind wir dazu übergegangen, Spaß miteinander zu haben? Und überhaupt, sollte ich nicht am Boden zerstört sein? Immerhin habe ich nicht einmal eine Stunde zuvor meinen Job hingeschmissen.

Schnell schiebe ich den Gedanken zur Seite.

»Da vorn ist übrigens Lillaström. Du musst also nicht länger darauf hoffen, von einem Elch gerettet zu werden.«

Mein Blick folgt seinem ausgestreckten Arm und ich kann zwischen den Bäumen tatsächlich die ersten Dächer erkennen. Augenblicklich hebt sich meine Stimmung wieder und ich freue mich auf meinen Besuch in Lillaström. So skurril mein erster

Ausflug vor drei Tagen hierher auch war – ich denke an die Begegnung mit Joris und Alma –, so sehr freue ich mich nun, ein bisschen mehr von dem urigen Städtchen zu entdecken.

»Zu Schade, dass das Café geschlossen ist. Ich hätte mich dazu überreden lassen, dich auf eine Tasse Kaffee einzuladen.«

Erneut lache ich auf. »Das sagst du nur, weil du genau weißt, dass es im Café gebrannt hat und es deshalb geschlossen ist. Du würdest mich niemals auf eine Tasse Kaffee einladen.« Eine weitere Beichte ist fällig. »Nicht wenn du wüsstest, wie ich dein Instant-Kaffeepulver im Ferienhaus verfeinert habe.«

»Inger.« Seine Stimme klingt alarmiert und er blickt fassungslos drein. »Was muss ich noch wissen? Oder soll ich besser gleich alles wegwerfen?«

»Könnte nicht schaden.« Zuvor fand ich die Idee, ihm einen Rollmops aus dem Vorrat der Bergmans in die Butterdose zu packen, noch lustig. Mittlerweile schäme ich mich fast schon ein wenig dafür, so kindisch gewesen zu sein.

»Prima.« Er seufzt resigniert. »Wir hätten besser das Auto genommen, bei all den Einkäufen, die ich jetzt erledigen muss.«

»Sieh es als Herausforderung. So kannst du beweisen, wie stark du bist.«

Argwöhnisch zieht er seine Augenbrauen zusammen. »Das hört sich beinahe so an, als würdest du erwarten, dass ich deinen Einkauf ebenfalls zurück ins Haus schleppe.«

»Ein echter Gentleman würde das tun.« Mit ein paar Wimpernschlägen verleihe ich meiner Erwartung Nachdruck. Allerdings denke ich keine Sekunde daran, ihn wirklich etwas für mich tragen zu lassen. Selbst ist die Frau und ein paar Kleinigkeiten reichen mir für heute völlig aus.

»Ich lasse mit mir verhandeln.«

Wir erreichen die ersten Häuser und gehen an der Dorfkneipe und dem geschlossenen Café vorbei, bis wir den Marktplatz erreichen.

»Zu schade mit dem Café. Eine kleine *Fika* käme mir jetzt gerade recht. Heißer schwarzer Kaffee und eine *Kanelbulle.* Mhm …« Verträumt schließt Mats die Augen. Er lächelt und ich bemerke zum ersten Mal das kleine Grübchen an seiner Wange. Bisher ist es mir nie aufgefallen, was aber vermutlich daran liegt, dass ich ihn bis vor einer Stunde eigentlich nie lächeln gesehen habe. Oder doch? Bei dem ganzen Gestrüpp in seinem Gesicht lässt sich das schlecht sagen.

»Ich schau mal, was ich für dich machen kann.« Immerhin habe ich in Lillaström schon die Kaffee-Dealerin meines Vertrauens ausgemacht. Zwar schmeckt der Kaffee bei ihr tatsächlich so, als hätte sie in dem Wasser vorher alte Socken gekocht, aber hey, immerhin Koffein – da bin ich nicht wählerisch. »Komm mit.«

Dicht gefolgt von Mats überquere ich den Marktplatz, auf dem reger Betrieb herrscht. Anscheinend beginnen bereits die Aufbauarbeiten für den Herbstmarkt, von dem mir Agi erzählt hat. Besonders das Strohlabyrinth, von dem zwar noch nichts zu sehen ist, dafür aber schon ein Schild in Richtung Osten zeigt, hat es mir angetan. Wenn sich mir die Möglichkeit bietet, werde ich auf jeden Fall diesen Irrgarten erkunden.

»Wieder mal auf dem Weg zu Alma?«

Ich drehe den Kopf und entdecke Joris, der den Männern beim Aufbau geschäftig Anweisungen gibt. »Du kennst mich zu gut, Joris.«

Da mir auch heute der Sinn nicht nach Small Talk, sondern nach Koffein steht, winke ich ihm freundlich zu und gehe weiter.

»Du kennst Joris?« Mats' Stimme klingt überrascht und ich erlaube mir einen kleinen Scherz. Mit verdutzter Miene drehe ich mich zu ihm um. »Du etwa nicht?«

»Ähm, doch. Aber woher kennst *du* ihn? Seit du in Lillaström angekommen bist, hast du das Haus meines Wissens nur einmal verlassen.«

»Und das eine Mal hat ausgereicht, um Freundschaften zu schließen.«

Ich gehe weiter und höre Mats' tiefes Lachen,

das ansteckend wirkt.

Gutgelaunt betrete ich den Supermarkt. Der Duft von frisch aufgebrühtem Kaffee kitzelt meine Nase. Sofort fühle ich mich wie ein Bluthund, der die Fährte aufnimmt. Zu meiner Überraschung stehen ein paar Leute um das Obstregal und halten Tassen in ihren Händen. Alma scheint heute sehr spendabel zu sein. Ob sie für uns auch noch ein Tässchen übrighat?

»*Hej*. Gibt es noch Kaffee?«

»Ist die Erde eine Kugel?«, entgegnet mir eine freundliche Stimme, die einer jungen Frau gehört. Sie hat ihre langen blonden Haare zu einem Dutt hochgesteckt und greift ganz selbstverständlich nach zwei sauberen Tassen, die sie für Mats und mich füllt. »Seid ihr neu hier in der Gegend?«

Ehe ich ihr antworten kann, muss ich zuerst an der dampfenden Köstlichkeit nippen, deren seltsamen Beigeschmack ich geflissentlich ignoriere. Mats kommt mir zuvor.

»Wir sind für ein paar Tage im Ferienhaus der Bergmans untergekommen.«

»Ach, dann seid ihr bestimmt Freunde von Agi oder Mika?«

Nickend stimme ich zu und erspare mir sämtliche Erklärungen rund um das Ferienhaus, Mats und mich, unsere Wohnsituation, sowie Agi und Mika.

Einladend streckt sie die Hand aus. »Ich bin Ebba und das hier sind Mathilda, Elina und Lovisa.«

Ich reiche ihr die Hand und nicke einmal in die Runde. »Ich bin Inger.«

»Mats. Freut mich.«

»Veranstaltet ihr hier öfter ein Kaffeekränzchen?« Mein Blick schweift durch den Supermarkt, aber ich kann die skurrile Besitzerin in ihrer seltsamen Kittelschürze nirgendwo entdecken.

»Wir werden von Alma hier nur geduldet, bis das Café wieder öffnet.«

Sofort werde ich bei Ebbas Worten hellhörig. »Das Café öffnet wieder? Wann?«

»Wenn ich Stine, also die Nichte der Besitzerin, richtig verstanden habe, dann soll es nächste Woche schon so weit sein. Rechtzeitig zum *Kanelbullens dag.*«

Lovisa scheint sich über diese Entwicklung zu freuen, jedenfalls schenkt sie der Filterkaffeemaschine von Alma ein Seufzen. »Hoffentlich. Dieses Getränk hier sollte sich nämlich nicht Kaffee schimpfen dürfen.«

Angewidert blickt Mats auf seine Tasse und rümpft die Nase. »Ich kann nicht verstehen, wie ihr das trinken könnt. Wurden versehentlich Mottenkugeln darin mitgekocht?«

»Psssst.« Ebba schmunzelt und bedeutet Mats,

leiser zu sprechen. »Alma hat ihre Ohren überall. Und besser dieser Kaffee als keiner.«

»Ich bin mir nicht sicher.« Mats scheint noch nicht überzeugt, was ich durchaus verstehen kann. Doch ich gebe Ebba recht: besser der Kaffee von Alma als überhaupt kein Koffein.

»Ich könnte euch zufällig sagen, wo ihr die nächsten beiden Tage ganz großartigen Kaffee bekommen könntet.«

Meine ganze Aufmerksamkeit gehört plötzlich Mathilda und ich kann kaum erwarten, dass sie weiterspricht. Für einen guten Kaffee würde ich alles stehen und liegen lassen.

»Mensch, dass ich da nicht draufgekommen bin.« Ebba tippt sich an die Stirn. »Klar, ihr beide seid perfekt.«

Jetzt werde ich aber doch skeptisch. »Perfekt, wofür?«

»Wir suchen dringend noch ein paar Helfer, die auf der Apfelfarm bei der Ernte helfen können. Leider hat der neue Besitzer vergessen, dass er sich um Erntehelfer hätte kümmern sollen, und jetzt steht die Ernte auf dem Spiel. Dabei hat es schon eine lange Tradition, dass die Äpfel auf dem Herbstmarkt verkauft werden. Auch das große Apfelbild, unser traditionelles *Äppelmarknaden* für den Markt steht deshalb auf der Kippe. Wir sind gerade dabei, Helfer zusammenzutrommeln, die uns bei der Aktion unterstützen. Falls ihr also gern einen guten Kaffee haben möchtet und noch keine anderen Pläne habt …«

Andere Pläne? Wohl kaum. Schließlich habe ich meinen Job übereilt gekündigt und bin jetzt arbeitslos. Somit habe ich mehr Freizeit, als mir lieb ist. Ich rufe mir Dr. Eriksens mahnende Worte in Erinnerung, der mir geraten hat, in meinem Leben etwas zu ändern. Warum soll ich mich also nicht als Apfelerntehelfer dienlich machen? Das wäre auf jeden Fall mal eine neue Erfahrung. »Ich habe tatsächlich nichts anderes vor und helfe gern. Aber der Kaffee muss nicht nur gut schmecken, er muss fantastisch sein.«

Mathilda strahlt. »Worauf du dich verlassen kannst.«

KAPITEL 11

Mats

»Was ist mit dir, Mats? Bist du dabei, oder kneifst du?«

Als ob ich kneifen würde. Ein wenig Abwechslung tut mir sicher ganz gut und meine letzte Sporteinheit im Fitness-Studio liegt auch schon eine ganze Zeit zurück. Ich kann mir sehr gut vorstellen, dass das eine spaßige Aktion wird – auch wenn Inger mit dabei ist. Wobei ich mir eingestehen muss, dass ich sie in der letzten Stunde ganz neu erlebt habe. Wenn sie will, kann sie äußerst unterhaltsam sein. Zu schade, dass ich sie zuvor nie so erlebt habe, was aber vermutlich an unserem unglücklichen Date liegt und der Tatsache, dass wir uns ansonsten bestmöglich aus dem Weg gehen. Vor allem wenn es der Zufall wollte, dass wir zur gleichen Zeit in Mikas Club waren oder wieder eine gemeinsame Geburtstagsfeier von Mika und Agi anstand, die es sich als Zwillinge nicht nehmen lassen, jedes Jahr gemeinsam zu feiern.

»Hey, Erde an Mats. Wie siehts aus? Bist du dabei oder kneifst du?« Ihr schelmisches Lächeln zeigt eine Reihe strahlend weißer Zähne, die geradezu einer Zahnpasta-Werbung entsprungen sein könnten.

Meine Gedanken schweifen schon wieder ab. »Ich kneife niemals, was du zwischenzeitlich wissen solltest.«

»Super.«

Mathilda jubelt und auch die anderen Frauen zeigen sich begeistert, während mein Blick den von Inger gefangen hält. Ihre grünen Augen funkeln und ich befürchte, sie heckt schon wieder den nächsten Plan aus, um mich zu ärgern. Die Vorstellung sollte mich eigentlich wachsam sein lassen, doch irgendetwas in ihrem Blick lässt mich mit Spannung darauf warten, was sie als Nächstes plant.

Mathilda nimmt einen Zettel aus ihrer Hosentasche und reicht ihn Inger. »Das ist die Adresse der Apfelfarm. Seid am besten gegen acht Uhr morgen früh dort.«

»Wir sind fünf Minuten früher da. Vergiss nicht, du hast uns einen großartigen Kaffee versprochen. So viel Zeit muss sein.«

Mit welcher Vorfreude Inger über Kaffee sprechen kann, wundert und fasziniert mich zugleich. Niemals hätte ich sie so eingeschätzt, dass sie sich derart über eine einfache Tasse Kaffee freuen kann. Irgendwie macht sie das sympathisch.

Inger?

Sympathisch?

Mir scheint die frische Landluft nicht zu bekommen. Oder doch? Sie kann frech sein, aber nicht auf eine böse Art. Schlagfertig ist sie auch. Ja, sie hat sogar ein paar Mal gelächelt – und wenn ich ehrlich bin, sollte sie das häufiger tun. Es steht ihr gut. Inger ist zweifellos eine schöne Frau, wenn sie aber lächelt, geht eine ganz besondere Anziehung von ihr aus.

Seltsam. Frida ist Model und atemberaubend schön und dennoch würde ich sie und Inger in keiner Sekunde miteinander vergleichen.

»Ich fülle euch sogar eine Thermoskanne ab, wenn ihr uns bei der Ernte helft.«

»Ich nehme dich beim Wort.« Inger prostet Mathilda mit ihrer Tasse zu und trinkt ein paar Schlucke. Anschließend verzieht sie ihr Gesicht und schüttelt sich.

Der Anblick ist so lustig, dass nicht nur ich lachen muss. Die anderen stimmen ebenfalls mit ein.

»Ich muss jetzt leider wieder zurück an die Arbeit.« Ebba hebt ihre Hand zum Abschied. »Hat mich gefreut, euch kennenzulernen.«

»Warte. Ich komme mit.« Mathilda wendet sich noch einmal an Inger und mich. »Für morgen gilt es noch ein paar weitere Helfer zu finden. Hoffentlich sind alle so hilfsbereit und mit Kaffee zu bestechen wie ihr.«

»Ich drücke euch die Daumen«, gebe ich zur Antwort und hebe ebenfalls die Hand. Auch die anderen Frauen machen sich zum Aufbruch bereit und verabschieden sich von uns.

»Da waren es nur noch zwei.« Eigentlich sage ich das mehr zu mir selbst als zu Inger, doch sie reagiert prompt.

»Seit wann sind wir *zwei?*«, hakt sie argwöhnisch nach.

»Seit du mir bitte sagst, welche meiner Vorräte ich möglichst austauschen sollte.«

»Ach, du willst Informationen …« Sie stellt ihre Tasse zu den anderen, die auf dem Tablett mit der Aufschrift »schmutzig« stehen und deutet zur Eingangstür. »Am besten, du holst dir einen Korb.«

Ich bin mir nicht sicher, ob sie mich aufzieht oder ob sie es ernst meint. Dennoch folge ich ihrer Aufforderung. Meine Tasse ist zwar noch halb gefüllt, trotzdem stelle ich sie zu den anderen und organisiere gleich darauf einen Einkaufskorb mit rotem Plastikhenkel.

Der Supermarkt ist nicht allzu groß, doch Inger hat sich bereits in einen der Gänge davongeschlichen. So kann ich mich wenigstens ungestört umsehen und mir noch einmal überlegen, was genau ich dringend benötige. Immerhin weiß ich nicht, wie lange die Apfelernte am nächsten Tag dauern wird und ob der Supermarkt bis zu unserem Feierabend überhaupt noch geöffnet hat.

Brauche ich Nudeln? Inger kann doch unmöglich etwas mit den beiden Päckchen angestellt haben, die ich in die Vorratskammer gelegt habe? Vorsichtshalber greife ich nach einer Packung.

»Die teuren sind besser.«

Mein Kopf dreht sich in Richtung der mir unbekannten Stimme und ich sehe eine etwas ältere Frau, die auf mich zuhält. Ihre orangefarbene Kittelschürze erinnert mich sehr an die Achtzigerjahre und ich befürchte, dass das Kleidungsstück noch aus dieser Zeit stammt.

Dass die teuren besser für sie sind, glaube ich gern. Immerhin kosten sie mehr als das Doppelte der Packung, die ich in der Hand halte, und sie kann sich somit sicher über eine größere Marge freuen.

Ihr Blick ist beinahe vorwurfsvoll, weshalb ich die Nudeln wieder zurückstelle und wie befohlen nach dem Markenprodukt greife. »Danke für den Tipp.«

Ehe sie mich weiter beraten kann und ich mir womöglich noch irgendetwas aufschwatzen lasse, das ich ihrer einschüchternden Art nicht abschlagen kann, nicke ich und suche das Weite – oder vielmehr Inger, die ich in dem Gang mit allerlei Krimskrams finde.

»Wage es nicht«, entfährt es mir alarmiert, als ich sehe, wonach sie greift. »Inger, ich warne dich. Setz unsere neugewonnene Freundschaft nicht gleich aufs Spiel.«

»Neugewonnene Freundschaft?«

Okay, damit habe ich vielleicht übertrieben, aber immerhin haben wir uns die letzten beiden Stunden ausnahmsweise einmal nicht gestritten. »Etwa nicht?« Ich gebe mich gespielt naiv und sie durchschaut mich sofort.

»Würde ein Freund seiner Freundin nicht das Ferienhaus überlassen?«

Stimmt, da war ja was. »Ich sagte Freund, nicht Gentleman.«

»Schließt das eine das andere aus?«

»In unserer Situation durchaus, denn Freunde sollten in der Lage sein, vorübergehend unter einem Dach zu wohnen, ohne sich dabei ständig den Hals umdrehen zu wollen. Auf Dauer ist das nämlich sehr anstrengend.«

»Das sagst du nur, weil du Angst vor mir hast.« Ihr Lächeln hat etwas Schelmisches und ich muss feststellen, dass ihre Eltern ihr einen passenden Namen gegeben haben. Ich sehe das Gesicht und das verschmitzte Grinsen von Inger Nilsson vor mir, die erfolgreich die Rolle der *Pippi Langstrumpf* spielte.

»Das mag durchaus sein.« Tadelnd deute ich auf ihre Hand. »Würdest du das bitte wieder zurückstellen?«

Sie reckt ihr Kinn. »Und wenn nicht?«

»Dann sag nicht, ich hätte dich nicht gewarnt.«

»Falls du versuchst, mich einzuschüchtern, spar dir die Mühe.«

Als sie einen Schritt auf mich zukommt, kribbelt meine Haut. Ich kann den blumigen und frischen Duft ihres Parfums riechen und bin selbst überrascht, wie vertraut mir dieser inzwischen ist.

»Dito.«

»Das hört sich ganz so an, als ob du ein bisschen Angst vor mir hättest.« Sie winkt provozierend mit der Mausefalle vor meiner Nase herum, woraufhin ich die restlichen vier verbliebenen Mausefallen in meinen Einkaufskorb lege.

»Das würdest du nicht wagen.« Mit zusammengekniffenen Augen und prüfendem Blick sieht sie mich an.

»Lass es uns herausfinden.« Oh, wie lange habe ich mich schon nicht mehr so herrlich amüsiert.

»Ist ja gut.« Sie verdreht ihre Augen und stellt die Mausefalle zurück in das Verkaufsregal. »Jetzt bist du aber auch an der Reihe. Stell sie gefälligst wieder an ihren Platz.« Auffordernd deutet sie auf den Korb. »Alle.«

»Schade. Hätte lustig werden können«, gestehe

ich ihr und mir ein und sehe an ihren zuckenden Mundwinkeln, dass sie ähnlicher Meinung darüber ist.

Während wir daraufhin gemeinsam die Gänge des Supermarktes ablaufen, bin ich überrascht, was Inger mich alles anweist zu kaufen. Was zum Teufel hat sie mit meinen ganzen Vorräten gemacht? Dass die Zahnpasta inzwischen leer sein musste, war klar. Aber warum um alles in der Welt liegen eine Flasche Shampoo und eine Flasche Spülmittel in meinem Einkaufskorb? Mir schwant Böses. Sie hat doch nicht etwa …?

»Inger? Hast du mein teures Shampoo durch Spülmittel ersetzt?«

Ich höre sie kichern, als sie an mir vorbei geht. »Was? Wer? Ich? Niemals.«

So viel hierzu. Kopfschüttelnd folge ich ihr zum Obst und weiß nicht, ob ich sie für ihren Einfallsreichtum bewundern oder doch eher verdammen soll. Wann hat sie das nur alles gemacht und woher hatte sie die Ideen hierfür? Meine Streiche kommen mir im Gegensatz zu ihren schon beinahe lächerlich simpel vor.

Weitere zehn Minuten später habe ich meinen Einkauf bezahlt und finde mich mit zwei vollbepackten Papiertüten vor dem Supermarkt wieder.

»Ich könnte schwören, Alma hat dir beim Abschied zugezwinkert.«

»Durchaus möglich. Immerhin habe ich jeden ihrer Ratschläge befolgt und ausschließlich die teuren Markenprodukte eingekauft. Wohlgemerkt, die Hälfte hätte ich sicherlich nicht zwingend gebraucht, wenn du nicht dein Unwesen getrieben hättest.«

»Dein Geldbeutel wird es schon verkraften.« Sie grinst frech. »Und dein großes Ego hoffentlich auch.«

Als sie an mir vorbeigehen will, stelle ich mich ihr in den Weg. »Nur interessehalber und in Hinblick auf meinen Großeinkauf eben: Ich muss doch nicht in zwei Tagen wieder alles neu besorgen, oder?«

»Worauf willst du hinaus? Etwa auf einen Waffenstillstand?« Inger klingt so, als ob sie zwischenzeitlich ebenfalls darüber nachgedacht hat, unsere Fehde zu beenden. Na ja, vielleicht nicht gleich zu beenden, aber massiv einzugrenzen.

»Hört sich doch nicht schlecht an. Ich fände es gut und würde mich darauf einlassen, vorausgesetzt …«

»Vorausgesetzt, was?«, hakt sie vorsichtig nach.

»Vorausgesetzt, ich bekomme ein neues Hemd von dir.«

Damit, dass sie bei meiner Forderung lacht, hätte ich nicht gerechnet. So hässlich war das Hemd nun auch wieder nicht. »Lass uns mal abwarten. Vielleicht kommt Tomte ja wieder vorbei und zaubert für dich.«

»Inger.« Ich schlage einen bestimmten Ton an. Sie soll ruhig merken, dass ich hinter meiner Forderung stehe.

»Schon gut. Ich schaue mal, was sich machen lässt.«

Vorerst genügt mir dieses Zugeständnis, weshalb ich noch einmal nachfrage: »Also, Waffenstillstand?«

Sie gibt schließlich nach und ich merke ihr an, wie viel Selbstbeherrschung ihr diese kleine Show abringt. »Wenn es denn sein muss. Aber ein paar Regeln sollten dennoch gelten.«

»Regeln?«

»Jetzt tu nicht so. Du hast doch nicht geglaubt, dass ich die nächsten zehn Tage freiwillig ohne Regeln mit dir unter einem Dach wohne.«

Ohne dass ich darüber nachdenken kann, entfährt es mir entsetzt: »Du bleibst wirklich noch zehn Tage?« Bin ich tatsächlich bereit, meinen gesamten Urlaub ausgerechnet mit Inger zu verbringen?

»Hast du ein Problem damit?«

Die Stimmung kippt und das Letzte, was mir jetzt noch fehlen würde, wäre ein weiterer Streit mit ihr. Nicht, nachdem wir uns so vorsichtig angenähert haben und endlich eine Verständigung zwischen uns stattgefunden hat.

»Im Gegenteil. Ich freue mich schon sehr darauf.« Unbeholfen deute ich mit meinen vollgepackten Papiertüten in der Hand auf die andere Seite des Marktplatzes. »Wollen wir wieder zurückgehen?«

»Kann ich dir was abnehmen?«

Verwundert sehe ich sie an. Hat sie mir gerade ernsthaft ihre Hilfe angeboten? Mal ehrlich, Inger hätte schon viel früher ihren Job kündigen sollen, wenn es dazu beiträgt, dass sie sich wie ein normaler Mensch verhält.

»Danke. Geht schon.«

KAPITEL 12

Inger

»Ich glaube es nicht: Du und Mats habt wirklich einen Waffenstillstand geschlossen? Freiwillig?«

Agis Stimme klingt entsetzt, überrascht und belustigt zugleich, gerade so, als ob sie ihren Ohren nicht trauen würde. Dabei haben zwei erwachsene Menschen lediglich ein Arrangement getroffen, wie sie die nächsten Tage ohne Mord und Totschlag miteinander zurechtkommen.

»Ist das das Einzige, das du gehört hast?« Die Information, dass ich meinen Job gekündigt habe, scheint völlig an ihr vorbeigegangen zu sein. »Agi, ich bin arbeitslos.« Abrupt senke ich die Stimme, damit mich niemand hören kann. Immerhin ist am frühen Morgen auf der Apfelfarm schon einiges los und ich bin überrascht, wie viele freiwillige Helfer sich eingefunden haben. Ebba, Mathilda und die anderen Frauen scheinen hervorragende Überzeugungsarbeit geleistet zu haben. Das, oder sie waren nicht die Einzigen, die sich mit Kaffee bestechen ließen. Sofort stiehlt sich ein Lächeln in mein Gesicht und ich nippe an dem Thermobecher, der bis obenhin mit meinem Lieblingsgetränk gefüllt ist. Das bittere Aroma der Bohnen kitzelt meinen Gaumen und ich schließe verträumt die Augen.

»Du bist nicht arbeitslos. Noch nicht. Auch bei dir gilt die Kündigungsfrist. Dir bleibt also genügend Zeit, dich nach einer neuen Stelle umzuschauen. Es wird ein Leichtes für dich sein, einen neuen Job zu finden.« Agi seufzt. »Ich kann dir gar nicht sagen, wie erleichtert ich bin, dass du diesen Schritt endlich gewagt hast. Du hast Besseres verdient.«

»Das mag ja sein. Dennoch habe ich das, was ich tue, geliebt. Noch dazu hatte ich ein großartiges Team.«

»Vergiss aber nicht, wohin es dich am Ende geführt hat.«

Meine Freundin hat recht. Es gibt einen Grund, der mich nach Lillaström geführt hat, und der ist alles andere als schön gewesen.

Die letzten Tage habe ich viel darüber nachgedacht, wohin mich mein beruflicher Weg führen soll und was ich wirklich will. Anscheinend wusste mein Herz bereits, was meinem Verstand noch nicht klar war: Ich muss Konsequenzen ziehen. Dummerweise hatte ich die Kündigung bereits ausgesprochen, ohne vorher zu wissen, wohin mich die Reise führen soll.

Ich schaue mich um, atme die kühle und klare Luft ein, sehe die herrliche Herbstlandschaft und höre das fröhliche Zwitschern der Vögel. Der Wind streift leicht über mein Gesicht und lässt das bunt verfärbte Laub der Bäume langsam zu Boden gleiten. Anscheinend ist Lillaström der erste Halt auf meiner Reise in meine Zukunft, über deren Stationen ich mir in den nächsten Tagen klar werden sollte.

Jedenfalls weiß ich, dass mein Arbeitstag nie wieder im Krankenhaus enden soll. Im Nachhinein kann ich nur über mich selbst den Kopf schütteln. Wie konnte ich die ganze Zeit über nur so mit mir umgehen lassen und warum habe ich nicht gemerkt, dass es mir stetig schlechter ging?

Paradoxerweise ist es ausgerechnet Mats, der mich erkennen lässt, wie sehr ich es vermisst habe, herumzualbern und zu lachen. Die Streiche, die ich ihm gespielt habe, waren das Highlight meiner letzten drei Jahre. Mir nur vorzustellen, wie er seine dunklen Haare mit Spülmittel wäscht, hat sofort meine Stimmung gehoben und mich zum Lächeln gebracht. Sicherlich bleibt mir auch sein schockierter Gesichtsausdruck für ewig in Erinnerung, als er dachte, ich hätte die Ärmel seines dämlichen Holzfällerhemdes abgeschnitten. Dabei habe ich sie doch nur nach innen gestülpt und so drapiert, dass es täuschend echt wirkt.

»Erde an Inger. Bist du noch dran?«

Ach ja, Agi ist ja noch in der Leitung.

»Entschuldige bitte, ich war gerade mit meinen Gedanken ganz woanders.«

»Ich kann hören, dass du lächelst. Verrätst du mir, was dich gerade abgelenkt hat?«

»Nicht so wichtig.«

»Egal, was es war, bewahre es dir. Ich habe es so sehr vermisst, dich fröhlich zu erleben.«

Ihre Worte berühren mich, denn ich weiß, dass sie recht hat. Es ist schon viel zu lange her, dass ich ich war. So weit soll es nie wieder kommen.

»Wollen wir noch kurz über den Waffenstillstand mit dem gutaussehenden Kerl sprechen, mit dem du unter einem Dach wohnst?«

Sicher nicht. »Ich muss jetzt leider los und Äpfel ernten.«

»Du weißt, so einfach kommst du mir nicht davon.«

»Bis bald, Agi.« Während ich das Gespräch mit ihr beende, hallt noch ihr Lachen durch die Leitung.

»War das Agi?«

Ich drehe mich um und sehe Mats, der beschwingt auf mich zukommt. Er lächelt, was ich noch immer irritierend finde, hatten wir doch in der ganzen Zeit, in der wir uns kennen, kaum ein freundliches Wort füreinander übrig. Ob er mich noch so weit bringt, meine Meinung über ihn zu überdenken?

»Ja. Sie sagte, dass du sofort aus dem Ferienhaus ausziehen sollst und es mir allein überlassen musst.«

»Ach, wie sehr ich deinen Humor mag …«

Es kommt mir beinahe so vor, als hätte jemand Mats am frühen Morgen schon etwas in seinen Kaffee gemischt. Obwohl ich gestern schon eine andere Seite von ihm erleben durfte, kenn ich ihn nicht so entspannt. Aber ich will mich nicht darüber beklagen. So wird seine Anwesenheit den ganzen Tag über vielleicht nicht so schlimm, wie ich kurz nach meiner Zusage zum Arbeitsdienst gestern im Supermarkt befürchtet hatte.

»Spaß beiseite. Es geht langsam los. Falls du also deinen Thermobecher noch einmal füllen möchtest, solltest du dich sputen.«

Das lasse ich mir nicht zweimal sagen. Ich nippe erneut an meinem Kaffee und glücklicherweise ist er bereits so weit abgekühlt, dass ich zwei große Schlucke nehmen kann. Je mehr ich jetzt trinke, desto mehr kann ich gleich nachfüllen – ein toller Plan.

»Kann es sein, dass du mit einem kleinen Suchtproblem zu kämpfen hast?«

»Sagt wer?« Vielsagend deute ich auf den Becher in seiner Hand. »Der wievielte ist das schon für dich?«

»Hey, das ist erst mein dritter«, entrüstet sich Mats.

»Dein dritter?« Meine Stimme klingt piepsig, als mich die Erkenntnis trifft, dass ausgerechnet er mich bei meiner Lieblingsbeschäftigung eingeholt hat. »Warum hattest du schon drei und ich erst zwei?«

»Bedank dich bei Agi. Ihr habt mindestens fünf Minuten telefoniert.« Mats trinkt einen Schluck. »Hach, glücklicherweise habe ich die Zeit anderweitig genutzt.«

Okay, er zieht mich auf. Aber den Rückstand hole ich mit Leichtigkeit auf.

Eine weitere Tasse Kaffee und knapp drei Stunden später sehe ich mich in der schmalen Gasse zwischen den Apfelbäumen um. Mein Rücken schmerzt bereits und ich muss mir eingestehen, dass ich körperliche Arbeit nicht gewohnt bin. Zufrieden blicke ich auf die bisherige Ausbeute. Für unerfahrene Erntehelfer haben Mats und ich ganze Arbeit geleistet, finde ich.

»Du wirst nicht fürs Herumstehen bezahlt, Inger.«

Ich höre die wenig anklagende Stimme von Mats, der auf einer Leiter steht und fleißig einen Apfel nach dem anderen in seinem Pflückkorb verstaut.

Als ich zu ihm aufschaue, streckt er den Rücken durch und ich bin mir sicher, dass auch er diese Art von Arbeit nicht gewohnt ist.

»Ich werde überhaupt nicht bezahlt.« Schmunzelnd gehe ich ein paar Schritte zu unserem verschlossenen Verpflegungskorb und nehme einen tiefen Atemzug. Der süßliche Apfelduft, den ich in der Nase habe, weckt Kindheitserinnerungen in mir und einen Moment genieße ich es, die Insekten dabei zu beobachten, wie sie sich auf die saftigen Äpfel stürzen, die bereits zu Boden gefallen sind. »Willst du auch etwas trinken?«

»Ja, danke. Ich komme runter.«

Auch wenn mir bereits ein Spruch auf den Lippen liegt, erspare ich mir, Mats aufzuziehen. In den letzten vierundzwanzig Stunden habe ich ihn von einer ganz neuen Seite kennengelernt und die Stimmung zwischen uns will ich unter keinen Umständen gefährden. Dafür hat es lange genug gedauert, ein paar normale Worte miteinander zu wechseln.

»Willst du auch etwas essen? Im Korb sind belegte Brote.«

»Nein, ich bin nicht hungrig.«

Er leert seinen Pflückkorb aus und greift nach einem dunkelroten Apfel. »Allerdings will ich schon die ganze Zeit in einen von diesen köstlich aussehenden Äpfeln beißen.«

Ich kann das Knacken von Mats' erstem Bissen hören und mir läuft augenblicklich das Wasser im Mund zusammen. Die Äpfel sehen köstlich aus. Es wäre ein Jammer, wenn an den Gerüchten etwas dran wäre und dieser Kristoffer, der den Hof kürzlich gekauft hat, alles dem Erdboden gleichmachen würde. So ein Idyll zerstört man doch nicht für ein paar Luxusvillen.

Merkwürdig, was man alles erfährt, wenn man für eine Tasse Kaffee ansteht. Jetzt kenne ich sogar schon die Gerüchte, die in Lillaström kursieren. Ich kann nur hoffen, dass Mathilda den Plan des Investmentbankers vereiteln kann. Jedenfalls machte sie den Eindruck, als wir uns am Morgen kurz unterhalten haben und sie uns an ihrer großen Sorge um den Erhalt der Apfelfarm teilhaben ließ.

»Willst du abbeißen?«

»Wie?« Erst jetzt bemerke ich, dass ich unverhohlen auf Mats' Mund starre. Seine Kieferknochen bewegen sich rhythmisch und ich kann schon beinahe den Geschmack der süßen Frucht auf meinen Lippen schmecken.

»Ob du mal beißen willst?«

Noch ehe ich sein Angebot ablehnen kann, habe ich es schon angenommen. Teile ich mir jetzt wirklich einen Apfel mit Mats? So weit ist es schon gekommen.

Ich greife nach der Frucht, dabei berühren sich

kurz unsere Finger. Ein Stromschlag durchfährt meinen Körper. Doch wenn es etwas gibt, in dem ich schon immer gut war, dann derartige Szenen gekonnt zu überspielen. Während ich den Apfel an mich nehme, mich bedanke und herzhaft hineinbeiße, frage ich mich, warum sich mein Puls plötzlich beschleunigt – es geht hier immerhin um Mats. Wenn es jemanden auf dieser Welt gibt, an dem ich definitiv kein Interesse habe, dann an ihm.

»Hast du eigentlich auch das Gefühl, dass die Einwohner von Lillaström ganz schön eigenartig sind?« Mats nimmt den Apfel wieder an sich und deutet die lange Gasse entlang, wo sich noch andere Helfer verteilt haben. »Ich meine, sie sind zwar nett, aber dieser Lasse ist schon ein bisschen seltsam, findest du nicht? Ich könnte schwören, dass ich vorhin gesehen habe, wie er sich Salz über die linke Schulter warf. Und wie er uns bedrängt hat, uns für den Imagefilm für Lillaström interviewen zu lassen. Sein Kameramann Henrik kann einem echt nur leidtun. Aber auch diese Bedelia kommt mir ein bisschen suspekt vor. Als sie mich beim Kaffeeholen angesprochen und mir irgendetwas von Kräutern und alten Bräuchen erzählt hat, hatte ich das Gefühl, sie will mich bekehren.«

Okay. Anscheinend habe ich mir das mit dem Stromschlag eben nur eingebildet, oder will Mats davon ablenken? Da spiele ich gern mit. »Vielleicht werden wir durch den Film ja noch berühmt. Warte erst einmal ab, bis Joris dich vollquatscht und dir noch vor dem zweiten Kaffee alles über die Gründergeschichte von Lillaström erzählt und wie stolz er darauf ist, dass sein Vater einer der Gründerväter ist.«

Mats lacht herzlich. »Und ich dachte damals nach unserem Date, du wärst schräg.«

»Das sagt der Richtige.« Mit Graus denke ich an unser Date zurück. »Ganz dünnes Eis, mein Lieber.«

»Jetzt aber mal im Ernst: Was ist da damals mit uns schiefgelaufen? Hattest du einfach einen schlechten Tag? Dass du auch anders sein kannst, durfte ich zwischenzeitlich herausfinden.«

»Fass dir am besten Mal an deine eigene Nase.«

»Wie meinst du das?«

Ist er wirklich so ahnungslos? »Mats, du warst kaum auszuhalten. Du hast den ganzen Abend nur von deiner Ex-Freundin gesprochen. Ja, du hast regelrecht von ihr geschwärmt. Zu allem Überfluss hast du mich auch noch in das Restaurant eingeladen, in dem ihr euer erstes Date hattet. Ich musste ihren Lieblingswein trinken und …«

»Es wundert mich, dass du das noch alles weißt. Denn wenn ich mich recht daran erinnere, hast du nur über deinen Job gesprochen und davon, dass du Karriere machen willst. Ansonsten hast du nur genörgelt. Über den Service, das Essen und die vergeudete Zeit mit mir – schließlich hast du gleich zu Beginn deutlich gemacht, dass du kein Interesse an mir hast und nur Agi zuliebe gekommen bist.«

Verlegen rümpfe ich die Nase. Ich muss Mats rechtgeben. Nicht nur er hat sich an diesem Abend danebenbenommen. Bei genauerer Betrachtung war ich keinen Deut besser. »Und am Ende hattest du das Dessert auf dem Kopf und ich den Wein auf der Bluse.« Die Erinnerung lässt mich schmunzeln. »Wir haben uns ganz schön gezofft.«

»Selbst um das Taxi.«

»Selbst um das Taxi«, bestätige ich ihm und kann nur den Kopf über uns beide schütteln. »Vermutlich war es nicht der beste Zeitpunkt für Agis und Mikas Verkupplungsversuche. Du warst noch nicht über deine Trennung hinweg und ich hatte nur die Arbeit im Kopf.«

»Meinst du, ein anderer Zeitpunkt und Ort hätte einen Unterschied gemacht?« Mats' Blick ist undurchdringlich, aufrichtig und so intensiv, dass mein Herz schneller schlägt. Er ist ein attraktiver Mann, einer, dem man gern sein Herz schenken möchte, wenn man weiß, dass auch sein Charakter passt. Unter anderen Umständen hätten wir vielleicht eine Chance gehabt …

»Das werden wir nie erfahren.«

»Und wie wäre es mit Freundschaft?«

Freundschaft?

»Ich meine, einen Waffenstillstand haben wir ja bereits ausgehandelt …«

»Die Tinte ist noch nicht einmal trocken.«

»Und doch haben wir uns heute noch kein einziges Mal gestritten.« Er beißt ein großes Stück des Apfels ab und kaut genüsslich darauf herum.

Richtig. Bisher verlief der Tag geradezu harmonisch. Aber gleich von Freundschaft zu sprechen, ist vielleicht verfrüht.

»Heute Morgen haben ein paar der anderen Helfer davon gesprochen, sich abends in der Pizzeria zu treffen. Ich wollte auch hingehen und würde mich freuen, wenn du mitgehen würdest.«

Pizza? Pizza! Ich liebe Pizza.

»Hört sich nicht schlecht an. Ich kann es mir ja überlegen, während ich mir den restlichen Tag über beim Apfelpflücken den Rücken ruiniere.«

Ich habe noch immer den köstlichen Geschmack der Frucht auf der Zunge und noch ehe Mats ein weiteres Mal abbeißen kann, greife ich nach dem Apfel und beiße hinein. Das saftige Fruchtfleisch knackt appetitlich zwischen meinen Zähnen und ich bin mir sicher, noch nie ein köstlicheres Stück Obst gegessen zu haben als dieses – frisch vom Baum. Während ich das süße Aroma genieße, gehe ich gutgelaunt wieder zurück an die Arbeit.

Mal schauen, wo mich der Tag noch hinführt.

KAPITEL 13

Inger

Wäre die Pizza nicht so lecker und die Gespräche mit Mats und den anderen – aber vor allem mit Mats – nicht so interessant, ich schwöre, ich würde an Ort und Stelle einschlafen. Dabei ist das *Little Italy* so urig, dass man unter keinen Umständen den skurrilen Besitzer und die Inszenierung seiner Empfehlungen verpassen möchte.

Bei jedem Auftauchen von Luigi an unserem Tisch gestikuliert er wild und sein Bauch hüpft vergnügt, wenn er über seine eigenen Kommentare und Anekdoten rund um die Familiengeschichte seines Restaurants lacht.

Wenn ich den anderen Erntehelfern aus Lillaström Glauben schenken darf, dann lautet Luigis eigentlicher Name Nils und zu meiner Überraschung ist er noch dazu Ebbas Vater. Dabei inszeniert er sich geradezu als perfekter Italiener, so als ob er einem Werbe-Cartoon für einen italienischen Lieferservice entsprungen wäre.

Die Pizza Parma, die er mir empfohlen hat, schmeckt köstlich. Der Rucola ist frisch, der Parmaschinken zergeht auf der Zunge und beides zusammen, in Kombination mit dem kross gebackenen Pizzaboden, hat mich absolut überzeugt. Egal ob Luigi oder Nils, ich werde auf alle Fälle noch einmal hierherkommen, solange ich in Lillaström bin. Schließlich sieht die Lasagne, für die Mats sich entschieden hat, ebenfalls köstlich aus und ich bin beinahe versucht, ihn zu fragen, ob ich davon probieren darf.

»Wie schmeckt deine Lasagne?«

»Gut.« Er schiebt den Teller über den Tisch. »Du solltest sie unbedingt probieren.«

Kann er Gedanken lesen oder spekuliert er nur darauf, im Tausch ein Stück meiner Pizza zu bekommen? Egal. Soll er ruhig eines haben. »Dann musst du aber auch ein Stück von der Pizza kosten.« Ich schneide ihm ein Stück ab, aber nur ein kleines, und drehe den Teller, damit er es besser greifen kann. Dann tauche ich mit meiner Gabel in das emaillierte Pfännchen und schneide mir ein Stück Lasagne ab, während die Pizza bereits in seinem Mund verschwindet.

»Seltsam«, befindet er kurz darauf. »Wer hätte je geglaubt, dass wir beide eines Tages in Harmonie vereint gemeinsam an einem Tisch sitzen und sogar vom Teller des jeweils anderen essen? Ich nicht.«

»Da kann ich dir nur zustimmen.«

»Schade, dass unser Date damals so katastrophal ablief.« Er hebt abrupt die Hände und winkt ab. »Nicht, dass das hier ein Date wäre. Also ist es doch nicht?«

Ich mag es, wenn Mats ins Stocken gerät und sich von seiner unsicheren Seite zeigt. Das macht ihn nahbar und menschlich. Das Bild, das ich ursprünglich von ihm hatte, löst sich immer mehr in Wohlgefallen auf und ich bin versucht, ihm eine zweite Chance für ein Kennenlernen zu geben. Erst recht jetzt, da alle Zeichen in meinem Leben auf Neuanfang stehen.

Schmunzelnd hebe ich mein Wasserglas und proste ihm zu. »Sehen wir es als Arbeitsessen – im wahrsten Sinne des Wortes.« Mein Blick schweift durch das Restaurant, wo ein großer Teil der anderen Erntehelfer es sich an den anderen dunklen Holztischen bequem gemacht hat und es sich schmecken lässt. Mats und ich sitzen an einem kleinen Tisch in einer Ecke.

»Das trifft es ziemlich gut. Keine Ahnung, wann ich zuletzt den ganzen Tag körperlich gearbeitet habe. Muss schon ein paar Jahre her sein.«

»Früher habe ich Agi ab und zu geholfen, wenn neue Waren für den Laden eingetroffen sind. Aber das heute ist kein Vergleich. Ich befürchte, dass sich morgen ein ganz fieser Muskelkater bei mir melden wird.« Um ehrlich zu sein, merke ich jetzt schon das Ziehen in den Waden und das unangenehme Brennen der Oberarme.

»Schon verrückt, wir arbeiten den ganzen Tag – oft mehr als zehn Stunden – und sind trotzdem nichts gewohnt.«

Gutes Stichwort. »Apropos Arbeiten. Warum ich inzwischen mehr Freizeit habe, als mir lieb ist, wissen wir beide. Aber wie kommt es, dass du dich für zwei Wochen bei den Bergmans einquartiert hast?«

»Geplant war das nicht.« Sein Gesichtsausdruck verändert sich und er wirkt plötzlich zerknirscht. Instinktiv fühle ich, dass ich einen wunden Punkt getroffen habe. »Vielmehr ist das seit langer Zeit mein erster Urlaub. Doch anstatt den vierzehntägigen Traumurlaub mit meiner Freundin auf Barbados zu verbringen, den ich ihr zum Geburtstag geschenkt habe, vergnügt sie sich dort mit ihrem neuen Lover anstatt mit mir.«

»Ist nicht wahr.« Ich bin ehrlich entsetzt. Hat diese Frida überhaupt Charakter? »Deine Ex ist ein ganz schönes Miststück. Sie kann doch nicht einfach mit einem anderen in den Urlaub fahren, den du bezahlt hast.«

»Anscheinend schon.« Mats nippt an seiner Cola und zieht die Augenbrauen nach oben. »Ich bin doch selbst schuld. Wollte kitten, was nicht mehr zu kitten ist, und habe prompt die Rechnung dafür erhalten.«

»Das tut mir sehr leid. Wie mir scheint, hast du einiges wegen Frida durchgemacht.«

»Umso besser ist es jetzt, zu wissen, dass es vorbei ist. Endgültig.«

Ein Gespräch mit Agi schleicht sich in meine Gedanken. Sie hat mir damals nach meinem Date mit Mats erzählt, dass er wieder mit Frida zusammengekommen ist und dass sie nicht glauben kann, dass er sich erneut auf sie einlassen konnte.

»Bist du dir sicher?«

»Sind viermal nicht genug? Ich habe keine Lust, mir ein fünftes Mal das Herz brechen zu lassen. Und selbst wenn, ich könnte vieles verzeihen, aber dass sie mich hintergangen und betrogen hat, sicher nicht.«

»Glaub mir, irgendwann kommt die Richtige, die dich von Herzen liebt und dich niemals betrügen würde.« Keine Ahnung was über mich kommt, aber ich lege meine Hand auf seine. Sie ist groß, warm und die feinen Härchen seines Handrückens kitzeln meine Haut. Da mir die Berührung intimer erscheint, als von mir beabsichtigt, tätschele ich unbeholfen seine Hand. »Bis dahin heißt es: Gut Ding will Weile haben.« Meinen Versuch, meine Hand wieder zurückzuziehen, unterbindet er, indem er seine andere Hand darüberlegt.

»Danke, Inger. Ich freue mich wirklich sehr, dass wir eine zweite Chance erhalten haben, uns besser kennenzulernen. Du bist gar nicht so übel, wie ich anfangs geglaubt habe.«

Sein Lachen wirkt ansteckend. »Das gebe ich gern zurück. Manchmal lohnt sich ein zweiter Blick. Wobei ich sagen muss, du hast es mir mit deiner Hausbesetzung nicht gerade leicht gemacht.«

»Hat wohl alles so kommen müssen.« Er nimmt seine Hand von meiner und hebt sein Glas.

Hastig ziehe ich meine Hand zurück und tue es ihm gleich. Ich greife mein Wasserglas, ignoriere das Kribbeln meiner Haut und das Bedauern, dass die Berührung endet. Hoffentlich hat keiner der anderen um uns herum etwas davon mitbekommen. Wir stoßen an.

»Worauf sollen wir trinken?«

»Wie wäre es, auf unsere Ziele, Wünsche und eine schöne Zeit in Lillaström zu trinken?« Klingt das zu theatralisch?

»Darauf trinke ich gern: Auf unsere Ziele, Wünsche und eine unvergessliche Zeit in Lillaström.« Mats nimmt einen großen Schluck, stellt sein Glas zurück auf den Tisch und schaut mich erwartungsvoll an. »Erzähl mir etwas über deine Ziele und Wünsche.«

Seine Stimme klingt ernst, sodass ich davon ausgehe, dass er sich wirklich dafür interessiert. Soll ich ihm tatsächlich mehr über mich preisgeben?

»Du zögerst?«

Natürlich will ich ihn nicht vor den Kopf stoßen, aber bin ich bereit, mein Innerstes mit ihm zu teilen? Natürlich könnte ich ihn auch mit ein paar Floskeln abspeisen … »Na ja, ich weiß ehrlich gesagt nicht genau, was ich dir antworten soll. Meine Ziele und Wünsche sind ziemlich simpel. Ich liebe meinen Beruf und möchte erfolgreich darin sein – und natürlich auf der Karriereleiter steigen. Mein oberstes Ziel und mein größter Wunsch sind also ein neuer Job, der mir exakt das bietet.«

»Das ist alles? Komm schon, Inger, da muss doch noch mehr sein.«

»Natürlich ist da noch mehr. Ich will ein Top-Gehalt, Weihnachtsgeld, einen Bonus, eine Vier-Tage-Woche, eine größere Wohnung, nie wieder in meinem Leben im Stau stehen, eine Reinigungskraft, die für mich putzt und mir hinterher räumt. Sicher möchte ich auch irgendwann den richtigen Partner finden, heiraten und eine Familie gründen. Du weißt schon, das, was sich jeder wünscht.«

»Du bist unglaublich kreativ, Inger. Deine Ziele und Wünsche sollten nicht die anderer sein.« Das letzte Stück der Lasagne verschwindet in seinem Mund, den er sich mit einer Serviette abtupft. »Wir probieren jetzt mal was aus.«

Skeptisch schaue ich ihn an. Was kommt jetzt?

»Schließ die Augen.«

»Ich soll bitte was?« Natürlich habe ich ihn verstanden, doch ich weiß nicht, worauf das Ganze hinauslaufen soll.

»Leg dein Besteck auf den Teller und schließ die Augen.«

Warum auch immer, ich tue es. »Zufrieden?«

»Denk jetzt an einen wunderschönen Ort, an dem du schon immer einmal sein wolltest, weil du dich dort glücklich und angekommen fühlst.«

Verrückt. Ich sehe das Ferienhaus der Bergmans vor mir. Es liegt im strahlenden Herbstsonnenschein und ich kann mich an dem Idyll nicht sattsehen. Die Blätter haben ihr saftiges Grün verloren und gleiten nun langsam in knalligem Rostrot, dezentem Goldgelb und Orangefarben langsam zu Boden, wo sie auf der Wiese liegen bleiben, die das Haus vom See trennt.

»Was ist in diesem Augenblick dein größter Wunsch?«

Ich öffne die Augen, weil ich ganz genau weiß, was ich in diesem Moment am liebsten getan hätte. »Ich will mich in einen großen Haufen Herbstlaub stürzen, das Rascheln der Blätter hören, den Blick zum Himmel richten, den Duft der Jahreszeit genießen und einfach mal an nichts denken müssen.« Lachend schlage ich mir die Hand vor die Augen. »Habe ich das wirklich gesagt?«

Mats lächelt vielsagend und nickt zufrieden.

»Jetzt du«, fordere ich ihn auf.

Ohne zu zögern, kommt er meiner Aufforderung nach und schließt die Augen.

»An welchem wunderschönen Ort möchtest du jetzt am liebsten sein? Wo würdest du dich jetzt glücklich und angekommen fühlen?« Interessiert beobachte ich, wie sich seine Gesichtszüge verändern. Sein Lächeln wird breiter. »Was ist in diesem Augenblick dein größter Wunsch?« Ich kann selbst nicht glauben, wie gespannt ich auf seine Antwort warte.

»Das ist ganz einfach.« Er öffnet die Augen und sieht mich durchdringend an. »Ich möchte gerade nirgendwo anders sein.«

Meine Haut kribbelt, mein Puls beschleunigt sich und ich fühle mich zutiefst geschmeichelt.

»Mein größter Wunsch ist …« Sein Blick wandert zu meinen Lippen und ich halte den Atem an. »… eine große Portion Tiramisu. Vielleicht willst du sie ja mit mir teilen?«

Mein Mund ist staubtrocken, weshalb ich es bei einem kurzen Nicken belasse und mich frage, was hier gerade passiert ist.

KAPITEL 14

Mats

»Inger, nun mach schon. Wir müssen los.« Verschlafen stelle ich den Kragen meines Sweatshirts auf und trete aus der Haustür. So schön und sonnig sich der Herbst noch tags zuvor gezeigt hatte, so wolkenverhangen ist dieser Morgen. Bleibt zu hoffen, dass wir heute bei unserem Erntehelfer-Einsatz vom Regen verschont bleiben. Je früher wir mit der Arbeit beginnen, desto größer ist die Wahrscheinlichkeit, rechtzeitig fertig zu werden. Vielleicht zeige ich mich Inger gegenüber auch deshalb so ungeduldig, denn wenn ich auf das Display meines Handys blicke, sehe ich, dass sie bis zur vereinbarten Abfahrt noch fünf Minuten Zeit hat.

In der Diele poltert es und ich drehe mich noch einmal überrascht um.

»Warum drängelst du so? Ich habe noch ein paar Minuten Zeit. Außerdem habe ich höllischen Muskelkater.«

Ich sehe ihr dabei zu, wie sie sich im Schneckentempo bückt, um ihre Schnürsenkel zu binden, und fühle mit ihr. Auch mich hat der gestrige Tag mehr angestrengt, als mir lieb ist, sitze ich den Großteil meines Arbeitstages doch meist am Schreibtisch. Obwohl ich gelegentlich trainiere, hätte mich nichts auf diese Aufgabe vorbereiten können. Dementsprechend schmerzen mein Rücken und meine Schultern.

Noch ehe ich etwas sagen kann, greift Inger nach ihrem Knirps, der auf dem Garderobenschränkchen neben dem Treppenaufgang liegt und verlässt das Haus. »Den nehme ich besser mit. Sicher ist sicher.«

»Nicht«, rufe ich erschrocken, als hätte sie den Splint einer Handgranate gezogen, dabei hat sie ihn nur hochgehalten und die automatische Verriegelung gelöst, um mir zu demonstrieren, dass sie gewappnet ist, sollte es zu regnen beginnen. Ich weiß nicht, ob ich lachen oder weinen soll. Inger steht im Konfettiregen und sieht mich überrascht an. Wie konnte ich nur vergessen, dass ich ihren Schirm mit Konfetti gefüllt habe, nachdem ich in einen meiner Oreo-Kekse gebissen habe, dessen Füllung sie mit Mayonnaise vertauscht hat.

Meine Wahl fällt auf hämisches Gelächter, denn Inger sieht herrlich komisch aus. Auch wenn sie es dieses Mal nicht verdient hat, kann ich bei ihrem Anblick nicht anders. Ich müsste mich schon sehr in ihr täuschen, wenn sie mir diesen kleinen Streich übel nehmen würde.

»Gut gespielt.« Ihre Augen haben sich verengt und ihr Grinsen gefällt mir gar nicht. »Wir nehmen heute deinen Wagen«, lässt sie mich wissen, während sie den Schirm wieder schließt und auf meinen Volvo zusteuert.

Sie hat die Beifahrertür bereits geöffnet, als mir klar wird, was sie im Schilde führt. »Ähm, Inger, möchtest du dich noch kurz abschütteln?«

»Nein. Das geht schon so.«

Nun ist es an ihr, mir ein spöttisches Lächeln zu schenken. Habe ich das verdient? Ja. Nein. Ich weiß es nicht. Da ich eh nichts mehr ausrichten kann, folge ich ihr, setze mich ans Steuer und fahre zur Apfelfarm, wo die ersten Erntehelfer für diesen Tag schon eingetroffen sind.

»Reicht es noch für einen Kaffee?«, rufe ich den anderen zu und erhalte ein einvernehmliches Nicken als Antwort. Inger marschiert daraufhin schnurstracks zur Kaffeestation. Zu meinem Leidwesen hat sie einen Großteil des Konfettis in meinem Wagen verloren. Die restlichen Papierschnipsel wehen ihr nun von den Schultern und aus ihren langen, braunen Haaren. Erneut schleicht sich ein Lächeln in mein Gesicht. Es wird zwar einige Zeit in Anspruch nehmen, mein Auto vom ganzen Konfetti zu befreien, doch Ingers Anblick entschädigt jede einzelne Sekunde. Wer hätte jemals für möglich gehalten, dass ich ihren Humor und ihre Art so sehr mögen könnte?

»Willst du auch einen Kaffee?«

»Wirst du ihn vergiften?«, hake ich gespielt argwöhnisch nach.

»Niemals.« Sie nimmt ein paar der noch verbliebenen Papierschnipsel von ihrem beigen Pullover und hält sie provokativ über meinen Kaffeebecher.

»Weißt du, ich trinke meinen Kaffee am liebsten ohne Papier. Wenn du also darauf verzichten könntest, wäre ich dir sehr dankbar.«

Sie hält mir ihren Zeigefinger vor die Nase. »Dafür habe ich was gut bei dir.«

»Auf jeden Fall«, bestätige ich ihr umgehend, um nicht noch länger über Konfetti im Kaffee sprechen zu müssen.

Während wir unsere Becher füllen, begrüßen wir die anderen Erntehelfer und machen uns mit neuen Gesichtern bekannt. Nachdem Inger die letzten Papierschnipsel auf ihrem Pulli im Mülleimer verschwinden lässt, setzen wir uns langsam in Bewegung. Auf dem Weg zu unserem Arbeitsplatz entdecke ich am Ende der Gassen zwischen den Apfelbäumen kleine Laubhaufen, die mir am Vortag gar nicht aufgefallen sind.

»Geh ruhig schon vor, ich komme gleich.«

»Ich warne dich. Wenn du dich vor der Arbeit

drücken willst …« Ingers Stimme klingt weder drohend noch anklagend.

»Wo denkst du hin? Ich bin gleich wieder bei dir.«

Ich sehe ihr noch hinterher, wie sie mit ein paar der anderen Helfer in eine der schmalen Gassen einbiegt. Sie ist bereits in ein Gespräch mit Elina und Jule vertieft, als sie aus meinem Blickfeld verschwindet.

Stirnrunzelnd betrachte ich die Laubhaufen.

»Können wir dir irgendwie helfen, Mats? Du siehst ein wenig verzweifelt aus.«

Es sind Niklas und Jan, die plötzlich neben mir stehen und meinem Blick folgen. Jan habe ich schon bei einem Besuch im *Hörnan* kennengelernt, er ist Lovisas Freund. Niklas, Elinas bessere Hälfte, kenne ich erst seit wenigen Minuten, aber er scheint ein sympathischer Kerl zu sein.

»Was hat es mit den kleinen Laubhaufen am Ende der Gassen auf sich?«

»Vor der Ernte wird das bereits gefallene Laub aufgesammelt. Vermutlich hatte bisher noch keiner eine Gelegenheit, es wegzuräumen. Warum fragst du?«, will Jan von mir wissen.

Kaum hatte ich das Laub entdeckt, war mir klar, was ich damit machen will: Ich will Ingers Wunsch wahr werden lassen.

»Glaubt ihr, es wäre ein Problem, wenn ich mir

das Laub ausleihen würde?«

»Ausleihen? Wer bitte will sich denn Laub ausleihen?«

Es klingt schon ein bisschen seltsam, meine Bitte aus Niklas' Mund zu hören.

Jans Neugier scheint geweckt. »Was hast du vor?«

Ich erzähle den beiden von meinem Plan und siehe da, ich kann ihnen ein Lächeln entlocken.

»Am besten du nimmst den Traktor. Mit dem Frontlader hast du das im Nullkommanix geschafft.«

Im Nullkommanix? Mit einem Frontlader? Ich sehe Jan an, als hätte er in irgendeiner Fremdsprache mit mir gesprochen. »Ähm, da gibt es ein kleines Problem.«

»Lass mich raten. Du kannst weder Traktor fahren, noch weißt du, wie man einen Frontlader steuert?«

Man, ist mir das peinlich. »Ja, so ungefähr.«

»Kein Problem. Ich mache das nachher für dich«, bietet Jan mir seine Hilfe an. »Aber jetzt sollten wir zuerst ein paar Äpfel pflücken, ehe noch jemand von der Aktion Wind bekommt und sich verplappert.«

»Das ist super. Ich bin dir wirklich dankbar.«

»Kein Ding. Ich hoffe, deine Freundin wird sich darüber freuen.«

Ich erspare mir die Erklärung, dass Inger nicht meine Freundin ist, und folge den beiden zu den Apfelbäumen. Es ist gar nicht so einfach, meine Mitbewohnerin in den langen Gassen zu finden. Suchend schaue ich mich nach ihr um und frage mich, ob ich schon immer so ein Softie war. Ich befürchte es. Für Frida habe ich noch viel verrücktere Dinge gemacht.

»Ha!«, entfährt es mir, und tiefe Erleichterung macht sich in mir breit, als mich die Erkenntnis trifft, dass ich in den letzten beiden Tagen kaum an die Frau gedacht habe, die zwei Jahre lang mein Leben auf den Kopf gestellt hat. Die Frau, die alles durcheinandergebracht und mich so tief verletzt hat wie nie zuvor jemand in meinem Leben. Ich hatte mich so bemüht, alles perfekt für sie zu machen, dass ich mich dabei unterwegs selbst verloren habe. Ich war überhaupt nicht ich selbst. Umso schöner ist die Zeit mit Inger, in der ich mich nicht verstellen muss und ganz ich selbst sein kann.

Der Abend mit ihr im *Little Italy* war wirklich schön. Es war zwar kein Date, aber genau diese entspannte Atmosphäre hätte ich mir im Nachhinein bei unserem damaligen Date gewünscht. Ob sie mir womöglich nach unserer Rückkehr nach Stockholm die Chance auf ein weiteres Rendezvous geben wird? Seltsamerweise hoffe ich auf exakt das, was ich mir vor wenigen Tagen noch unter keinen

Umständen hätte vorstellen können.

»Ich dachte schon, ich muss eine Vermisstenanzeige aufgeben.« Inger stemmt die Hände in die Hüften und sieht mich gespielt tadelnd an, als ich sie endlich erreiche. »Wolltest dich wohl doch drücken, gib es zu.«

»Du hast dich im hintersten Winkel verschanzt. Hast du eigentlich eine Ahnung, wie lange ich dich suchen musste?« Es sind kaum zehn Minuten vergangen, seit sich unsere Wege getrennt haben, darum weiß ich auch, dass Inger mich nur aufziehen will. Dennoch, oder vielleicht auch gerade deshalb, mag ich die Art unserer Kommunikation so sehr.

»Nicht lange genug, denn du hast mich gefunden. Werde ich jemals vor dir sicher sein?«

Ihr herzliches Lachen geht mir durch und durch und ich bin kurz verleitet, ihr eine ihrer lockigen Strähnen aus dem Gesicht zu streifen. »Du willst doch gar nicht sicher vor mir sein.«

»Wüsste ich es nicht besser, könnte ich glatt annehmen, dass du mit mir flirtest.«

Erwischt – und es ist mir egal. »Dann sollten wir froh darüber sein, dass du es glücklicherweise besser weißt.«

Sie wird rot und ich kann gar nicht genug vom Anblick ihrer gefärbten Wangen bekommen. Die Strähne streicht sie sich selbst aus dem Gesicht und lächelt dabei. »Wir sollten uns jetzt aber wirklich an die Arbeit machen. Die anderen haben schon einen Vorsprung und ich will ungern Letzte werden.«

»Ich wusste gar nicht, dass das hier ein Wettkampf ist.«

»Ist es auch nicht. Aber ein wenig Ansporn hat noch keinem geschadet.«

Ich lasse das mal so stehen und mache mich gemeinsam mit Inger an die Arbeit. Es dauert nicht lange und wir geraten ins Plaudern. Schnell erfahre ich mehr über sie, ihre Familie und die letzten Jahre, in denen sie nur gearbeitet hat – so scheint es mir wenigstens.

»Du kannst doch nicht nur für die Arbeit leben.« Meinen gefüllten Korb leere ich in den großen Behälter, den wir Helfer schon beinahe bis zum Rand gefüllt haben. Ich sehe zu Inger, die mir gegenübersteht und es mir gleichtut.

»Anscheinend doch, denn wie du siehst, arbeite ich sogar in meinem Urlaub.«

»Du weißt, was ich meine.« Wir gehen zurück zu den Bäumen. »Auf Dauer konnte das nicht gutgehen. Auch du brauchst mal eine Pause.«

»Im Nachhinein weiß ich das auch. Auch wenn mir meine Arbeit sehr viel Spaß macht, so wurde ich doch auch dünnhäutiger. Nach der ganzen Schufterei ständig bei Beförderungen übergangen zu werden war kein schönes Gefühl.« Sie hält inne und sieht mich an. »Mein kleiner Nervenzusammenbruch in Agis Laden und die mahnenden Worte meines Arztes haben mich wachgerüttelt. Unter keinen Umständen möchte ich das noch einmal erleben, geschweige denn, noch Schlimmeres erleben.«

»Ich drücke dir jedenfalls die Daumen, dass es in deinem nächsten Job besser läuft. Sei froh, dass du den Laden hinter dir gelassen hast.«

»Weißt du …«

Noch ehe Inger weitersprechen kann, werden wir von einem lauten Hupen unterbrochen und ich ahne bereits, wer oder vielmehr was sich hinter diesem Signal verbirgt.

Ich nehme Inger in Windeseile ihren Korb ab, greife nach ihrer Hand und fordere sie auf, mir zu folgen. »Komm schon, nicht trödeln.«

»Wo gehen wir denn hin?«

»Das erfährst du schon noch früh genug.«

KAPITEL 15

Mats

Ich bin richtig aufgeregt. Außerdem überkommt mich auch ein wenig Panik. Was, wenn Inger die Überraschung nicht gefällt? Oder wenn sie womöglich doch keine Lust auf so eine kindische Aktion hat? Wer weiß schon, ob ihr Wunsch tatsächlich der Realität entspricht?

Meine Befürchtungen sind völlig unbegründet. Zum einen, weil der Laubberg um einiges größer ist, als ich gedacht habe. Aber was noch ein viel schönerer Anblick ist, sind Ingers große Augen und ihr offenstehender Mund, was ich als eine wahre Genugtuung empfinde. »Überraschung geglückt?«

»Ich glaube es ja nicht.« Ergriffen legt sie eine Hand auf ihr Herz. »W-wie … also, wie hast du das gemacht? Der war doch vorhin noch nicht hier.«

»Nun ja, ich hatte ein wenig Hilfe.«

»Glaubst du, ich kann mich wirklich reinfallen lassen? Plumpse ich nicht auf direktem Weg auf den Boden?«

»Quatsch, hast du das als Kind etwa nie gemacht?«

»Du etwa?«

»Ständig. Wir hatten einen Labrador, der es geliebt hat, sich in das frisch zusammengerechte Laub im Garten unserer Großeltern zu stürzen. Wir Kinder sind ihm immer hinterhergerannt und haben es ihm gleichgetan.« Ermutigend greife ich ihre Hand und drücke sie. »Dir passiert nichts.«

Ihr fester Händedruck lässt mich erahnen, dass sie noch nicht zu hundert Prozent davon überzeugt ist. »Soll ich zuerst?«

»Nein.« Ingers Wangen glühen. »Ich mache das jetzt. Mit Anlauf?«

Lachend gebe ich ihre Hand frei und bedeute ihr, sich mit Anlauf ins Vergnügen zu stürzen. Ich sehe ihr zu, wie sie ein paar Schritte zurückgeht und sich nach einem kurzen Sprint juchzend in den großen Blätterberg fallen lässt. Von ihr ist nicht mehr viel zu sehen, außer ihren Schuhen, die aus dem Laub herausschauen.

Ich höre sie kichern, während alles um sie herum raschelt. Als ihr Gesicht wieder auftaucht, strahlt sie förmlich und ihre Wangen sind gerötet.

»Das war völlig verrückt und mit Abstand das Schönste, was ich seit Ewigkeiten gemacht habe. Danke, Mats.«

»Gern geschehen.« Hilfsbereit gehe ich auf sie

zu und strecke ihr meine Hand entgegen. »Soll ich dir raushelfen?«

Sie greift nach meiner Hand, doch anstatt aufzustehen, bringt sie mich mit einem kräftigen Ruck ins Straucheln und ich lande neben ihr im Laubhaufen. Zugegeben, damit habe ich nicht gerechnet. Umso schöner ist es, als Inger plötzlich mit beiden Händen das Laub in die Luft wirft.

»Sorry, aber das kannst du dir doch nicht entgehen lassen.«

Ihr vergnügtes Lachen berührt mich und ich freue mich, dass sich ihr Wunsch erfüllt hat. »Fühlt es sich so gut an, wie du es dir vorgestellt hast? Ist dein Wunsch wahr geworden?«

Inger lässt sich zurückfallen und schaut zum Himmel, an dem sich die Wolken weiter verdichtet haben. »Es fühlt sich noch viel besser an. Mein Wunsch wurde definitiv Realität.«

»Das freut mich.«

Ehe ich mich versehe, wirft sie eine weitere Ladung Blätter in meine Richtung und lacht. Ich verstehe das als eine Aufforderung, der ich gern folge, mit dem Ergebnis, dass wir wie kleine Kinder minutenlang im Laub herumtollen.

»Gnade«, keucht Inger und ist völlig aus der Puste. »Ich kann nicht mehr.«

Sie sitzt vor mir im Laub und ist über und über mit Blättern übersät. Ich glaube, sie hat noch nie so bezaubernd ausgesehen wie in diesem Moment.

»Du bist voller Laub.« Sie streckt ihre Hand nach mir aus und zupft mir einzelne Blätter aus den Haaren. Während mir aufgrund ihrer Nähe bereits der Atem stockt, scheint ihr erst später bewusst zu werden, wie nah wir uns sind. Fasziniert schaue ich in ihre grünen Augen und lasse den Blick zu ihren Lippen wandern. Was würde ich dafür geben, sie jetzt zu küssen.

»Mats.«

Sie meinen Namen sagen zu hören gleicht einer Liebkosung, die ich nur zu gern zurückgeben möchte. Zärtlich lege ich meine Hand an ihre Wange. Es gibt nur zwei Optionen: Entweder sie verpasst mir gleich eine schallende Ohrfeige, oder sie wird den Kuss erwidern, den ich ihr unbedingt stehlen will.

Als wir uns näherkommen, knistert es um uns herum und das nicht nur im übertragenen Sinn. Das Laub raschelt, als würde es mir für meinen Mut Beifall spenden wollen. Meine Lippen berühren ausgerechnet die jener Frau, von der ich bis vor Kurzem niemals gedacht hätte, sie jemals zu küssen. Bereit, jeden Augenblick auszukosten, den sie mir schenken will, vertiefe ich den Kuss. Ich kann mein Glück kaum fassen, als ich ihre stürmische Erwiderung erfahre. Inger öffnet ihre Lippen für mich und ich deute dies als willkommene Einladung. Als sich unsere Zungenspitzen berühren, schmecke ich den Kaffee und spüre ein tiefes Verlangen in mir. Mir wird bewusst, wie schmerzlich ich sie begehre. Zu gern würde ich ihr sagen und beweisen, wie sehr, doch das ist weder der richtige Zeitpunkt noch der richtige Ort dafür.

Als wir uns schließlich voneinander lösen, sind wir beide außer Atem. Ich kann erkennen, dass sie ebenso überrascht und irritiert ist über den Kuss wie ich selbst. Es ist erst wenige Tage her, dass wir uns noch verhasst waren, und jetzt liegen wir uns in den Armen und küssen uns?

Was soll ich tun? Was soll ich sagen? Ich entscheide mich, die Situation nicht aus Schamgefühl herunterzuspielen – im Gegenteil. Ich bereue keinesfalls, was da gerade zwischen uns passiert ist, und hoffe, Inger geht es ebenso.

»Ich denke, das musste dringend mal gesagt werden.«

Sie erwidert mein Lächeln und mein Puls kann sich nicht erholen. Unaufhörlich rast er weiter.

»Schade, dass wir nicht schon früher dazu bereit waren, miteinander zu reden.«

Mein Herz setzt einen Schlag aus. Hat sie das gerade ernsthaft gesagt? »Inger, ich …«

»Lass uns wieder zurückgehen, bevor die anderen noch eine Suche nach uns starten, ja?«

Zustimmend nicke ich. Sie hat recht. Die anderen fragen sich sicherlich schon, wo wir abgeblieben sind. Allen voran Jan und Niklas.

Ich stehe auf, reiche ihr meine Hand und bin ihr beim Aufstehen behilflich. Ihre Hand in meiner zu spüren, fühlt sich verdammt gut an. An meinem ganzen Körper hat sich eine Gänsehaut gebildet und ich kann nicht länger widerstehen: Ohne darüber nachzudenken, streife ich ihr endlich eine ihrer wilden Strähnen aus dem Gesicht, während es um uns herum weiter knistert.

Schweigend, aber mit einem wissenden Lächeln, stapfen wir aus dem großen Laubhaufen und ich weiß jetzt schon, dass der Anblick von Herbstlaub mich bis an mein Lebensende an diesen Moment erinnern wird.

KAPITEL 16

Inger

Seitdem Mats und ich wieder zurück sind bei den Apfelbäumen, denke ich an nichts anderes als an diesen Kuss. Wie konnte ich ausgerechnet ihn küssen? Bis vor kurzem konnte ich ihn nicht einmal leiden. Und heute muss er nur ein bisschen freundlich sein und ich stürze mich ihm direkt in die Arme? Okay, die Aktion mit dem Laub war nicht nur freundlich, sie war süß – sehr süß sogar. Um ehrlich zu sein, kann ich mich nicht daran erinnern, dass jemand so etwas schon einmal für mich gemacht hat. Aber sich ihm deshalb gleich an den Hals zu werfen? Ausgerechnet ihm?

Je mehr ich darüber nachdenke, desto klarer wird mir, wie abstrus meine Gedanken sind. Wenn ich die Situation noch einmal Revue passieren lasse, dann kann ich weder Mats eine Absicht unterstellen, noch habe ich mich ihm an den Hals geworfen. Es ist einfach passiert.

Verdammt, ich hätte nicht gedacht, dass dieser

Mann so küssen kann. Kurz schließe ich die Augen und frage mich, ob es ein Fehler war, den Kuss zu erwidern. Dadurch wird alles nur noch komplizierter zwischen uns.

»Denk nicht so viel darüber nach.«

Erschrocken fahre ich herum und sehe Mats direkt in die Augen. Mein Herzschlag gerät aus dem Takt. Woher weiß er, dass ich über den Kuss nachdenke?

Er deutet zu meiner Hand. »Du hältst diesen Apfel schon seit zwei Minuten fest umklammert.«

»Oh.« Wie peinlich, denke ich mir und setze meine Arbeit fort, darauf bedacht, mich nicht mehr von meinen wilden Gedanken ablenken zu lassen. Ich könnte stattdessen noch einmal durchgehen, wo ich mich überall bewerben werde. Es gibt ein paar Konkurrenzfirmen von Olsson, die durchaus Interesse an mir haben könnten. Hach, ich brauche mir nichts vorzumachen. Mein Kopf ist einzig und allein bei dem attraktiven Mann, den ich in heimlichen Momenten beim Apfelpflücken beobachte, und den Erinnerungen an unseren leidenschaftlichen Kuss. Daran ändert sich auch nach unserer gemeinsamen Mittagspause mit den anderen Erntehelfern nichts.

Am frühen Nachmittag kommen wir unserem Ziel immer näher und als ich meinen letzten prallgefüllten Pflückkorb mit Äpfeln in den großen Behälter leere, atme ich erleichtert auf. Ich habe gern auf der Apfelfarm geholfen, trotzdem bin ich froh, dass unser Einsatz vorbei ist. Jetzt noch zum Abschluss eine kleine *Fika* und danach eine Entspannungsdusche. Das ist alles, was ich will.

Mein Blick huscht zu Mats, der seinen Korb neben meinem abstellt. Die Erkenntnis, dass ich neben einem Kaffee und einer Dusche noch etwas anderes will, versetzt mich in Aufruhr und treibt meinen Puls in die Höhe. Mein Körper kribbelt und ich habe die Bilder unseres Kusses wieder vor Augen.

»Geschafft. Endlich.«

Seine Stimme reißt mich aus meinen Gedanken und sorgt für ein wildes Durcheinander in meinem Bauch. »Wie?«

»Ich sagte, dass wir es endlich geschafft haben. Und das früher, als ich damit gerechnet habe.« Er deutet zum Himmel. »Mit ein wenig Glück, bleiben wir doch noch vom Regen verschont.«

Mit einem hoffnungsvollen Nicken stimme ich ihm zu und beobachte ihn dabei, wie er alles zusammenräumt. Er macht einen Witz, doch ehrlich gesagt, höre ich ihm nicht zu. Vielmehr ist es sein tiefes Lachen, dass meinen ganzen Körper durchfährt und ein mulmiges Gefühl in meinem Bauch hinterlässt.

Es ist nur ein winziger Augenblick, in dem sich

Mats' und mein Blick treffen, doch er reicht aus, um meine Knie in Wackelpudding zu verwandeln. Verdammt, was geschieht hier gerade?

Der Apfelhain scheint mir nicht mehr groß genug für mich, meine verrücktspielenden Empfindungen und Mats, der mich allein durch seine Anwesenheit völlig aus dem Konzept bringt.

»Ist es okay für dich, wenn ich noch ein paar Schritte gehe?« Ein kleiner Spaziergang hilft mir bestimmt, meinen Kopf wieder freizubekommen.

»Nur zu. Ich räume das nur kurz alles zusammen und bringe die Körbe schon einmal weg.«

Während ich die Graswege entlang spaziere, fällt es mir schwer, mich auf die Schönheit der Apfelfarm zu konzentrieren. Auch die ersten Regentropfen ignoriere ich geflissentlich, denn ich habe immer nur Mats und unseren Kuss vor Augen.

»Na, prima.« Zu allem Überfluss finde ich mich ein paar Minuten später ausgerechnet vor dem riesigen Laubhaufen wieder, der uns überhaupt erst in die Situation gebracht hat. Ich würde ihn gern verfluchen, aber sein Anblick allein lässt mich lächeln. Selten ist jemandem so eine wunderschöne Überraschung für mich geglückt wie Mats. Um ehrlich zu sein, noch nie.

»Dachte ich es mir doch, dass ich dich hier finde.«

Mats' Stimme reißt mich aus meinen Gedanken.

»Ich sagte doch, dass ich ein paar Schritte gehen möchte.«

»Ja, das schon. Aber das war vor beinahe dreißig Minuten.«

»Oh.« Seltsam, wie schnell die Zeit vergangen ist.

Mats deutet ein weiteres Mal zum grauen Himmel. »Dir ist schon bewusst, dass es gleich regnen wird?«

»Ein bisschen Regen hat noch keinem geschadet.« Kaum habe ich ausgesprochen, ist es, als hätte der liebe Gott einen Schalter umgelegt. Im nächsten Augenblick schüttet es wie aus Eimern und mir entfährt ein überraschter Aufschrei.

»Wie war das? Ein bisschen Regen hat noch keinem geschadet.« Er lacht schadenfroh und deutet zum Hof. »Wie ist der Plan? Sollen wir uns unterstellen oder auf direktem Weg nach Hause fahren?«

Nach Hause. Wie sich das anhört.

»Inger«, drängt er mich, zu antworten, denn ich stehe nur da.

Der Regen peitscht mir ins Gesicht und ich muss Mats beinahe anbrüllen, damit er mich versteht. »Nach Hause«, antworte ich ihm und wir rennen gemeinsam los.

»Wo ist dein Schirm, den du extra eingepackt hast?«

Ach ja, der Schirm. Verflixt.

»Den habe ich im Auto vergessen.«

Mats' Brustkorb bebt vor Lachen. Er schüttelt amüsiert den Kopf, zieht sein kariertes Flanellhemd, von dem er anscheinend mehrere besitzt, aus und hält es mir schützend über den Kopf, damit ich nicht noch mehr Regen abbekomme. Eigentlich süß, aber auch erschreckend, denn mir wird klar, dass wir in nur wenigen Augenblicken allein sein werden und keiner von uns länger den sprichwörtlichen Elefanten ignorieren kann, der uns seit dem Kuss auf Schritt und Tritt begleitet. Da seine Geste zwar lieb gemeint ist, wir so aber nicht schnell vorankommen, greife ich nach dem Hemdkragen und halte es mir selbst über den Kopf.

Auf unserem Weg zum Auto sehen wir ein paar der anderen Helfer an uns vorbeieilen. Ein Teil von ihnen ist unterwegs zum Haupthaus, die anderen tun es uns gleich und rennen zu ihren Fahrzeugen. Mats' Volvo blinkt bereits, als wir auf den Wagen zuhalten. Hastig reiße ich die Beifahrertür auf, lasse mich auf den Sitz fallen, auf dem noch das Konfetti liegt, und knalle die Tür wieder zu.

Mats lässt sich ebenfalls auf den Sitz fallen, schließt seine Tür aber sanfter als ich. »Was für ein Mistwetter«, schimpft er vor sich hin.

Während ich das durchnässte Hemd im Fußraum verstaue, lässt er den Wagen an und prompt beschlagen die Scheiben. Das Gebläse ertönt und ich erschaudere. Mir ist schon schrecklich kalt, wie muss sich da Mats fühlen, der in seinem T-Shirt durch den Regen gerannt ist? Ich sehe, dass sich die feinen Härchen an seinen Unterarmen aufgestellt haben und bekomme Mitleid. »Ist dir sehr kalt?«

»Geht schon.« Er drückt ein paar Knöpfe an der Mittelkonsole und es leuchten noch mehr Lämpchen, als eh schon. »Gleich müsste es wärmer werden.«

Wassertropfen rinnen unaufhaltsam über sein Gesicht. Er sieht mich an und schenkt mir ein Lächeln. »Jeder Tag mit dir gleicht einem Knallbonbon, *Pippilotta*. Man weiß nie, was einen erwartet.«

»Das gebe ich gern zurück, Konrad.«

»Konrad. Der Name ist dir also doch noch eingefallen.« Als hätte ich ihn seines größten Geheimnisses beraubt, seufzt er theatralisch. Die Tatsache, dass mir der Name des Hausierers in der Serie entfallen war, ließ mir die letzten beiden Tage keine Ruhe. Immer wieder habe ich ihn danach gefragt. Klar, ich hätte schon längst das allumfassende Wissen einer Suchmaschine nutzen können, aber das ist einfach nicht mein Stil.

»Warum hast du nicht schon längst im Internet gesucht?«

»Nenn es eine Art Gedächtnistraining. Heutzutage sind alle Informationen jederzeit greifbar. Wir verlernen förmlich, uns Wissen anzueignen und es im Bedarfsfall abzurufen. Deshalb gebe ich nicht gleich jedem Impuls nach. Bisher hat es meistens geklappt. Aber Konrad hat mich schier zum Verzweifeln gebracht.«

Er stimmt mir zu und deutet an, dass er von meiner Sichtweise beeindruckt ist. Derweil ertappe ich mich dabei, dass ich ihn anstarre. Sein kantiges Profil und seine Lippen, die prompt meinen Puls beschleunigen und von denen ich seltsamerweise zwischenzeitlich weiß, wie weich und gut sie sich auf meinen anfühlen. Unsere Blicke treffen sich und wieder liegt dieses Kribbeln in der Luft, das mich völlig unvorbereitet trifft. In meinem Bauch tanzen Schmetterlinge und um ehrlich zu sein, machen sie mir Angst. Sie verheißen nichts Gutes, vielmehr lassen sie mich bereits erahnen, dass ich drauf und dran bin, einen Fehler zu begehen. Mit einem Mal wird mir bewusst, wie sehr ich mich nach Nähe und Geborgenheit sehne und ich muss einsehen, dass ich einfach viel zu lange allein war.

»Wir sollten losfahren, damit wir endlich die nasse Kleidung ausziehen können.« O nein, das habe ich doch eben nicht etwa laut gesagt?

»Das sehe ich genauso.«

Ist es die Kälte oder Mats' raue Stimme, die mir durch und durch geht? Ich hoffe auf Ersteres, weiß aber, dass ich mir da etwas vormache.

Während der Fahrt zum Ferienhaus schweigen

wir beide. Unsere Anspannung ist greifbar und ich fürchte mich vor dem Moment, in dem die Haustür hinter uns ins Schloss fällt. Hoffe ich darauf, dass er mich erneut küsst, oder befürchte ich, dass ich ihm zuvorkommen werde?

Meine Gedanken frustrieren mich. Woher kommen sie überhaupt so plötzlich? Vor ein paar Tagen hätte ich dem Kerl, der mich nun in seinem Wagen zu unserem gemeinsamen Feriendomizil fährt, am liebsten den Hals umgedreht. Dieser eine Kuss kann doch nicht mit einem Mal alles geändert haben, oder doch?

Kaum dass alle vier Räder vor dem Ferienhaus zum Stehen kommen, reiße ich die Autotür auf und renne auf das gelbe Schwedenhaus mit der blauen Holztür zu. Ich will bloß noch weg von ihm, mich in meinem Zimmer einsperren und darauf hoffen, dass mein Gedankenkarussell aufhört, sich um Mats, den Kuss und dieses tiefe Verlangen in mir zu drehen. Es ist definitiv zu lange her, dass ich mit einem Mann zusammen war.

Doch schon stehe ich vor dem ersten Hindernis, das meinen Plan zu vereiteln droht. Das dumme Schloss an der Tür klemmt. Ich zerre hektisch am Griff, ziehe ihn zu mir und fluche leise vor mich hin. Wenigstens stehe ich unter dem Schutz des Vordachs.

»Darf ich dir helfen?«

Ich drehe den Kopf und sehe Mats, der wie ein begossener Pudel hinter mir steht. Er verzieht keine Miene. Sein Blick ist kalt, was mich irritiert. Zugleich trete ich einen Schritt zur Seite und lasse ihn sein Glück versuchen. Flüchten kann ich dann immer noch.

Nur einen Handgriff später springt die Tür auf.

»Ich bedauere sehr, dass du dem Anschein nach das Gefühl hast, vor mir flüchten zu müssen. Mach dir keine Sorgen, Inger. Das passiert nicht noch einmal.«

War es denn so offensichtlich, dass ich vor ihm geflohen bin?

»Tut mir leid, Mats.« Eine Entschuldigung ist das Mindeste, was ich ihm schuldig bin. Und doch treffen mich seine Worte wie ein harter Schlag. Er würde mich nicht noch einmal küssen? »Ich war in Panik.«

»Panik? Wovor? Etwa vor mir?«

Sein zerknirschter Gesichtsausdruck bricht mir das Herz. »Vermutlich eher vor dem, was passieren könnte, sobald wir das Haus betreten.«

»Inger, es geschieht nichts, was du nicht willst.«

Ich habe genug davon, um den heißen Brei herumzureden. Soll Mats ruhig wissen, woran ich seit Stunden denke. »Genau das ist mein Problem …«

KAPITEL 17

Mats

Dass Inger unberechenbar ist, weiß ich, aber dieses Mal bringt mich ihre überraschende Ansage völlig aus dem Konzept. Wenn ich sie gerade richtig verstanden habe, dann geht es ihr trotz ihres widersprüchlichen Verhaltens genauso wie mir. Seit diesem Kuss im Herbstlaub kann ich an nichts anderes mehr denken als daran, wie gut er sich angefühlt hat und dass ich darauf hoffe, dass wir ihn wiederholen. Inger noch einmal zu küssen, ist das Einzige, wonach mir der Sinn steht, doch ich würde sie niemals in diese Richtung drängen. Was auch nicht nötig ist.

Kaum dass sie ausgesprochen hat, kommt sie einen Schritt auf mich zu und ich kann in ihren Augen sehen, dass wir beide das Gleiche empfinden. Unsere Lippen treffen sich erneut und ich nehme meine Gefühle noch intensiver wahr. War es zuvor noch ein überraschendes Kribbeln, gepaart mit aufkeimendem Begehren, so überschreiten wir soeben die Grenze zu purer Lust und tiefem Verlangen. Ingers Lippen fühlen sich himmlisch gut und versprechend an. Sie sind weich und ich will mich am liebsten in diesem Kuss verlieren. Ich ziehe sie enger an mich, bin mir der Tatsache bewusst, dass ich sie spüren lasse, wie sehr mich dieser tiefe Kuss erregt.

Direkte Nachbarn, die uns beobachten könnten, gibt es hier zwar keine, trotzdem setze ich mich mit ihr in Bewegung, ohne diesen überwältigenden Kuss zu unterbrechen. Der Tür gebe ich mit dem Fuß einen Stoß, als wir in der Diele stehen, und sie fliegt mit einem lauten Knall ins Schloss. Inger zuckt erschrocken zusammen und sieht mich mit großen Augen und verklärtem Blick an. Ihr Mund ist halb geöffnet, als würde er mich einladen, sofort dort weiterzumachen, wo sie eben aufgehört hat. Sie ist außer Atem, aber das bin ich auch.

Ist es nicht verrückt, dass ich mich in diesem Moment ausgerechnet nach dieser Frau sehne, die mich seit Tagen in den Wahnsinn treibt? Die Frau, von der ich einst dachte, sie wäre kalt wie ein Fisch? Mit der ich mich bei unserem Date ständig gezankt habe, die ich innerlich verflucht und von der ich bis vor Kurzem noch gehofft habe, ihr nicht mehr über den Weg laufen zu müssen?

Wann genau hat sich mein Herz für sie erwärmt? Egal, denn jetzt, da ich weiß, wie gut ihre

Küsse schmecken, ist plötzlich alles anders.

Ich umfasse ihr wunderschönes Gesicht, streiche mit den Daumen über ihre Wangen und lege meine Lippen auf ihre. Die Zärtlichkeit, mit der sie dieses Mal den Kuss erwidert, berührt mich tief im Herzen. Ich lege meine Hände an ihre Taille, ziehe sie erneut zu mir und genieße es, dass sie ihre Arme um meinen Nacken schlingt und sich an mich presst. Sie stöhnt leise an meinen Mund. Ein Geräusch, das mich noch mehr erregt. Ich kann an nichts anderes mehr denken, als sie aus ihrer nassen Kleidung zu befreien, ihren Körper zu erkunden und ihr jegliche Art von Vergnügen zu schenken, für die sie bereit ist.

Meine Hand gleitet unter ihren Pullover, der klamm ist, und ich spüre ihre samtweiche Haut unter meinen Fingern. Die Art, wie sie sich an mir reibt, bringt mich um den Verstand und in meiner Hose wird es schmerzhaft eng.

»Mats.«

Ich höre, wie sie meinen Namen sagt. »Hmmm.« Ich will nicht reden, ich will sie einfach nur küssen und schauen, wohin das führt.

»Mats.«

Warum weicht sie plötzlich vor mir zurück? Habe ich sie womöglich zu sehr bedrängt? »Ist alles okay?«

Sie lächelt verschmitzt. »Mehr als das. Aber das

ständige Klingeln deines Handys macht mich verrückt.«

Mein Handy klingelt? Erst jetzt höre ich es auch. Wie konnte ich das nicht bemerken? »Lass es klingeln.«

Wie auf Kommando verstummt die Melodie.

»Willst du nicht nachschauen, wer das war? Vielleicht ist es wichtig.«

»Nichts kann im Moment so wichtig sein wie du.«

Ingers Wangen färben sich rot und ich kann nicht anders, als meinen Kopf erneut zu senken, um sie zu küssen. Ehe sich unsere Lippen jedoch berühren, ertönt ein weiteres Mal die Melodie meines Handys. Seufzend senke ich meine Stirn gegen ihre.

»Wie hoch stehen die Chancen, dass es so lange klingelt, bis du rangehst?«

Sie hat recht. Am besten, ich gehe kurz ran, sage dem Anrufer, dass er sich später wieder melden soll, und stelle das Telefon gleich auf stumm, sodass nichts und niemand Inger und mich stören kann. Ich ziehe mein Handy aus der Gesäßtasche und erstarre augenblicklich, als ich den Namen lese: Frida. Auch Ingers Blick ändert sich sofort. Ungelenk befreit sie sich aus meinen Armen.

»Du solltest mit ihr sprechen. Sie wird nicht eher aufgeben.«

Ausgerechnet in diesem Moment von der Frau unterbrochen zu werden, von der ich einmal dachte, sie wäre die große Liebe meines Lebens, fühlt sich surreal an und wirft mich völlig aus der Bahn. Seit Wochen herrscht absolute Funkstille zwischen uns, und jetzt meldet sie sich ausgerechnet dann bei mir, wenn ich einmal nicht an sie und diesen Betrug denke – und noch dazu eine wunderschöne, attraktive Frau in meinen Armen halte? Angespannt tippe ich auf den grünen Hörer und wappne mich für das Gespräch.

»Was willst du, Frida?«

»Dich.«

Ich bin so perplex, dass mir beinahe das Handy aus der Hand fällt. Inger muss Fridas Antwort ebenfalls gehört haben, denn sie senkt den Blick und lässt mich allein in der Diele stehen. Verflucht.

Wie gern würde ich ihr hinterhergehen, doch ich befürchte, dass ich dringend etwas mit meiner Ex-Freundin zu klären habe, ehe ich mit Inger dort weitermachen kann, wo wir eben aufgehört haben. Und verdammt noch mal, genau da will ich mit ihr weitermachen. Es darf nicht sein, dass nur durch diesen blöden Anruf jetzt alles vorbei ist, ehe es überhaupt richtig begonnen hat.

»Woher der plötzliche Sinneswandel? Hast du schon vergessen, dass ich allein dir nicht genug war? Du hast mich zutiefst verletzt und dieses Mal werde ich dir ganz sicher nicht ver…«

Ein lautes Schluchzen ist durch die Leitung zu hören. Prima, jetzt heult sie auch noch. Kann es noch schlimmer kommen? Warum darf ich ihr nicht einmal sagen, wie es mir geht, ohne dass sie auf die Tränendrüse drückt? Wundern sollte es mich jedenfalls nicht. So hat sie es schon immer gemacht und bisher habe ich immer nachgegeben. Aber nicht dieses Mal.

»Bitte, Mats. Du musst mir verzeihen. Ich weiß, ich habe dir sehr wehgetan. Es war nur … W-Weil …«

Will sie mir jetzt allen Ernstes erklären, was der Grund dafür ist, warum sie mich betrogen hat?

»Ich fühlte mich so vernachlässigt.«

Ungläubig reiße ich die Augen auf. Vernachlässigt? Sie fühlte sich von mir vernachlässigt? »Ich hoffe, du hörst selbst, wie absurd das klingt, Frida. Ich habe schließlich alles für dich getan. Du musstest nur etwas sagen oder anrufen und sofort habe ich alles stehen und liegen gelassen.« Wut keimt in mir auf und lässt mich meine Hand zur Faust ballen. »Selbst meinen Job habe ich wegen deiner Launen aufs Spiel gesetzt, nur weil du dich mal wieder mit deinen Auftraggebern gestritten hast und die dich irgendwo im Nirgendwo haben sitzen lassen. Fünf Stunden musste ich durch die Gegend fahren, um dich abzuholen!«

»Die wollten, dass ich für die Kampagnenbilder hinter Franka stehe«, rechtfertigt sie sich. »Sehe ich so aus, als ob ich für die zweite Reihe gemacht bin?«

»Hörst du dir überhaupt noch selbst zu?«

»Darum geht es doch jetzt gar nicht.«

»Doch, genau darum geht es.« Sie treibt mich in den Wahnsinn und das nicht etwa wie Inger, sondern auf eine absolut negative Art und Weise. Wie habe ich es nur so lange mit ihr ausgehalten?

»Ich will mit dir reden.«

»Aber ich nicht mit dir.«

»Und trotzdem bist du ans Telefon gegangen.«

»Lediglich, um dir mitzuteilen, dass du dich nicht mehr bei mir melden sollst. Zwischen uns ist es aus und vorbei.«

»Das werde ich so nicht akzeptieren. Ich will mit dir reden.«

Verzweifelt lege ich meinen Kopf in den Nacken. »Es ist mir egal, ob du das akzeptierst oder nicht. Mein Entschluss steht fest.«

»In fünf Minuten bin ich bei dir, dann besprechen wir das in Ruhe. Vielleicht kann dich ja das schwarze Seidennegligé umstimmen, das ich mir extra für diesen Anlass gekauft habe und unter meinem Trenchcoat tragen werde.«

Ich gebe zu, noch vor wenigen Tagen wäre ich schwach geworden. Aber heute will ich eine andere Frau in den Armen halten. Außerdem, sollte sie nicht auf Barbados sein, mit ihrem neuen Lover?

»Du wirst enttäuscht sein. Niemand wird dir die Tür öffnen – ich bin nämlich nicht zuhause.«

»Dann komme ich einfach später vorbei. Sag mir, wann du zurück bist.«

»Du vergisst wohl, dass ich Urlaub habe. Ich bin nicht in Stockholm und so schnell werde ich auch nicht zurückkommen.«

»Wo bist du?«

»Das geht dich nichts mehr an.«

»Aber ich könnte dorthin kommen.«

Wir drehen uns im Kreis und langsam werde ich ungehalten. Hört diese Frau denn niemals zu?

»Hör zu, Frida, ich habe keine Ahnung, weshalb du plötzlich wieder mit mir zusammen sein willst. Du hast dich für einen anderen Mann entschieden, mich betrogen und bist mit ihm noch dazu in den Urlaub geflogen, den ich für uns beide gebucht hatte. Du hast mir das Herz gebrochen, und das nicht zum ersten Mal. Lass es also endlich gut sein.«

»Hast du etwa eine andere?«

»Und wenn es so wäre, es würde dich nichts angehen. Leb wohl, Frida.« Ich beende das Gespräch und bin zugleich überrascht und stolz auf mich. Zum ersten Mal, seit ich dieser Frau begegnet bin, bin ich standhaft geblieben. Zum ersten Mal hat sie es nicht geschafft, mich um den Finger zu wickeln. Und zum ersten Mal wird mir richtiggehend bewusst, wie blöd ich die letzten beiden Jahre war. Völlig vernarrt in Frida, habe ich mir alles von ihr gefallen lassen. Wie naiv ich war. Naiv? Nein, verliebt. In die falsche Frau.

Mein Blick wandert zur Tür, die zum Wohnbereich führt und durch die Inger kurz zuvor verschwunden ist. Ich gehe ihr nach, finde sie aber weder im Wohnzimmer noch im Essbereich noch in der Küche. Sie muss in ihr Zimmer gegangen sein. Ob ich an ihre Tür klopfen sollte? Wäre das nicht ein bisschen dreist?

Aus dem Badezimmer dringen Geräusche an mein Ohr und ich höre, dass der Mischhebel der Dusche angestellt wird. Ein wohliges Gefühl durchströmt mich bei der Vorstellung, wie Inger unter der Dusche steht und das warme Wasser über ihren Körper rieselt. Allein die Vorstellung erregt mich so sehr, dass ich mir wünsche, ich könnte ihr Gesellschaft leisten – was natürlich nicht geht.

Stattdessen werde ich warten. So lange, bis ich die Chance habe, ihr in Ruhe davon zu erzählen, wie ich Frida habe abblitzen lassen. Sie soll und darf ruhig wissen, wie sehr sie mich verzaubert hat und wie sehr ich die Zeit mit ihr genieße.

Frida hat mich in ein trotteliges und weinerliches Schoßhündchen verwandelt und ich frage mich selbst, wie ich es nur so weit kommen lassen konnte. Bei Inger bin ich ich selbst. Der Mats, den ich bei genauerer Betrachtung selbst vermisst habe.

Eigentlich bin ich nicht der Typ, der an Schicksal glaubt. Dass sich die Wege von Inger und mir aber erneut kreuzen, wir zur gleichen Zeit in Lillaström sind und uns gezwungenermaßen dieses wunderschöne Ferienhaus teilen, kann kein Zufall sein.

In Vorfreude darauf, Inger nach ihrer Dusche hoffentlich erneut in den Armen zu halten, gehe ich in den oberen Stock, um die nasse Kleidung auszuziehen und ebenfalls zu duschen. Eine Erkältung ist das Letzte, wonach mir der Sinn steht – vor allem, seit ich weiß, wie gut es sich anfühlt, Inger zu küssen.

KAPITEL 18

Inger

Wem will ich etwas vormachen? Der Moment zwischen Mats und mir ist vorbei. Seltsamerweise war es weder er noch ich, der ihn zerstört hat. Es war diese schreckliche Frida. Was Mats je an dieser Frau gefunden hat, werde ich wohl nie verstehen. Oder muss es womöglich heißen, was er noch immer an ihr findet? Der Grund ihres Anrufs war eindeutig und leider nicht zu überhören. Sie will Mats zurück! In der Vergangenheit ist es ihr schon viermal geglückt. Bleibt die Frage offen, ob er ein fünftes Mal zu ihr zurückkehren wird?

Um ehrlich zu sein, wühlt mich die Frage mehr auf, als sie sollte. Wie heißt es so schön, hinterher ist man immer schlauer. Ich hätte ihn nicht küssen sollen, dadurch ist alles nur komplizierter geworden. Gestern noch hätte ich mir sicher keine Gedanken darüber gemacht, geschweige denn mich dafür interessiert, ob er vielleicht wieder mit Frida zusammenkommt. Obwohl … Die letzten beiden

Tage haben mir gezeigt, dass Mats ganz in Ordnung ist. Ja, ich würde sogar so weit gehen und behaupten, dass wir in manchen Dingen auf einer Wellenlänge sind. Die Gespräche während unseres Ernteeinsatzes waren sehr interessant und zum größten Teil auch amüsant. Aber auch ernstere Themen kamen zur Sprache. Niemand hat es verdient, ausgerechnet von dem Menschen hintergangen zu werden, dem man sein Herz geschenkt hat. Dennoch würde ich meine Hand nicht dafür ins Feuer legen, dass er ihr ein weiteres Mal verzeihen wird und zu ihr zurückkehrt.

Argh! »Das geht dich nichts an, Inger«, sage ich zu mir selbst und nehme mir frische Kleidung aus dem Schrank. Obwohl mir bei Mats' Küssen heiß geworden ist, friere ich nun am ganzen Körper und muss dringend unter die heiße Dusche.

Beim Durchqueren der kleinen Diele höre ich, dass Mats noch immer mit Frida telefoniert. Ich summe leise vor mich hin, um dem Drang nicht nachzugeben, zu lauschen.

Während ich mich im Badezimmer mühevoll aus meiner nassen Kleidung schäle, die wie eine zweite Haut an mir klebt, verbiete ich mir selbst, noch länger darüber nachzudenken, was geschehen wäre, wenn Mats diesen Anruf nicht erhalten hätte.

Gedankenverloren streiche ich mit dem Zeigefinger über meine Lippen. Ich kann noch immer seinen Mund auf meinem, das Kratzen seines Dreitagebartes auf meiner Haut und seine warmen Hände auf meinem Körper fühlen.

Der Gedanke daran, dass wir kurz davor waren, einen Schritt weiterzugehen, entlockt mir ein schiefes Lächeln, denn mir wird bewusst, wie abstinent ich in den letzten Jahren gelebt habe. Vielleicht haben mich Mats' Berührungen und Küsse deshalb so aus der Bahn geworfen? Demnach wäre mein Verhalten vielmehr dem Umstand als der Person geschuldet?

Ich verdrehe die Augen. Selbst ich kann nicht leugnen, dass es einzig und allein Mats war, der diese Reaktion in mir hervorrief. Schon nach dem ersten Kuss war klar, dass ich nur zu gern erneut von ihm geküsst werden will.

Verdammte Frida!

Das warme Wasser schießt aus der Brause und prasselt wohltuend über meinen Körper. Für einen Moment schließe ich die Augen und wünsche mir, ich wäre nicht allein. Doch das bin ich. Und das wird auch so bleiben. Das mit Mats hat sowieso keine Zukunft. Vielmehr weiß ich, dass es unverantwortlich ist, mir in meiner aktuellen Situation über die Möglichkeit von Sex oder einer Affäre den Kopf zu zerbrechen. Mein Leben ist schon kompliziert genug, immerhin bin ich arbeitslos und sollte mich nach einem Job anstelle eines Liebhabers umsehen.

Da ich in diesem Haus wohl keine Sekunde mehr zur Ruhe kommen werde, mache ich etwas, das mir absolut widerstrebt: Ich gebe mich geschlagen. Die einzig vernünftige und unabdingbare Entscheidung ist, das Ferienhaus zu verlassen. Am besten, ich fahre nachher zu dem Hotel, das überall ausgeschildert ist, und frage dort nach, ob sie ein Zimmer für mich haben. Natürlich könnte ich auch online buchen oder dort anrufen, aber der Drang, Mats und dieser ungeklärten Situation für kurze Zeit zu entfliehen, ist größer.

Ich hoffe jedenfalls, dass es dort noch ein Zimmer für mich gibt. Lillaström jetzt schon Lebewohl sagen zu müssen, würde ich sehr bedauern, weil ich der Eröffnung des Herbstmarktes entgegenfiebere. Außerdem ist in der nächsten Woche der *Kanelbullens dag,* an dem das Café endlich wieder eröffnen soll. Auch mein Spaziergang durch das Strohballen-Labyrinth würde dann ausfallen und darauf habe ich mich ganz besonders gefreut.

Für den Moment klingt mein Umzug nach einem guten Plan. Im Gegensatz zum Ferienhaus würde ich im Hotel den nötigen Abstand finden, um mir über einiges klar zu werden. Ich könnte mich im Internet auf Stellensuche begeben und mir vielleicht auch den ein oder anderen Spa-Aufenthalt gönnen. Immerhin waren ausreichende Ruhe und Erholung das eigentliche Ziel meiner Reise nach Lillaström. Und nicht etwa, mich mit Mats zu vergnügen. Je weniger ich ihn sehe, umso schneller werde ich diesen Tag aus meinen Erinnerungen streichen können.

Eine Viertelstunde später sitze ich in meinem Mini und fahre durch den Regen zurück nach Lillaström, wo ich der Beschilderung zum Hotel folge. Als ich das Haus verlassen habe, konnte ich das Wasser im Badezimmer im ersten Stock hören. Der Zeitpunkt für meine kleine Flucht hätte demnach nicht besser sein können. Schon in den letzten Tagen ist mir aufgefallen, dass Mats außergewöhnlich lange unter der Dusche stand. Sicher wird ihm nicht einmal auffallen, dass ich weg bin. Bleibt zu hoffen, dass mein Ausflug erfolgreich sein wird und ich im Hotel ein Zimmer buchen kann.

Während ich mein Ziel erreiche und den Parkplatz ansteuere, stelle ich mit einem kurzen Blick auf das Gebäude fest, dass das Hotel ›Sjöntsikt‹ äußerst einladend aussieht. Ich steige aus und öffne meinen Schirm, aus dem etwas Konfetti fällt. Ein Lächeln schleicht sich auf mein Gesicht. Mats hat mich mit seinem kleinen Streich echt überrascht. Das wird mir ganz schön fehlen.

Auf dem Weg zum Eingang ziehe ich meinen Schal ein Stück nach oben, denn in meiner Eile – oder vielmehr Flucht – hatte ich keine Zeit, mich um meine nassen Haare zu kümmern, die ich zu einem lieblosen Dutt am Hinterkopf zusammengebunden habe. Hoffentlich fange ich mir deswegen keine Erkältung ein. Das würde gerade noch fehlen.

Im Schutz des Vordaches schließe ich den Schirm wieder und betrete das Gebäude. Das Hotel scheint neu zu sein oder wenigstens von Grund auf saniert. So ein modernes Juwel hätte ich in Lillaström niemals erwartet.

Eine junge Frau blickt mich erwartungsvoll an, als ich auf die Rezeption zutrete.

»*Hej* und herzlich willkommen im ›Sjöntsikt‹. Kann ich Ihnen behilflich sein?«

»*Hej.* Ja, das können Sie in der Tat. Haben Sie noch Zimmer frei? Ähm, also eigentlich nur eines. Ein Einzelzimmer für mich.«

»Sie haben Glück. Ich kann Ihnen unser letztes Einzelzimmer anbieten.«

»Großartig, das nehme ich.«

»Wie lange möchten Sie denn bleiben?«

»Ähm …« Eine gute Frage. Wie lange will ich eigentlich bleiben? »Ehrlich gesagt, weiß ich das noch nicht genau.«

Verwundert sieht sie mich an. Vermutlich denkt sie, ich bin völlig gestört.

»Über das Wochenende würde ich auf jeden Fall bleiben. Wann ich aber in der kommenden Woche abreise, ist noch ungewiss.«

»Dann buchen wir Sie einfach fürs Wochenende ein und belegen Ihr Zimmer mit einer Verlängerungsoption. Diese kann ich Ihnen allerdings nur bis Freitag anbieten.«

»Perfekt. Vielen Dank.«

»Dann bräuchte ich noch Ihre Ausweispapiere und eine Kreditkarte. Keine Sorge, die Belastung erfolgt erst bei der Abreise.«

Ich krame in meiner Handtasche nach meinem Portemonnaie und gebe beides an sie weiter. Dabei fällt mir auf, dass ich sie überhaupt nicht nach dem Preis gefragt habe. Egal. So teuer wird es schon nicht sein und so lange, wie ich schon nicht mehr im Urlaub war, sollte mein Konto das verkraften können. Und noch etwas brennt mir auf der Seele, für das ich bereit bin, mehr als zehn Kronen zu bezahlen.

»Ich muss noch einmal zurück in meine Ferienunterkunft, um mein Gepäck zu holen. Aber wäre es eventuell möglich, zuvor hier noch einen Kaffee zu trinken?«

»Selbstverständlich.« Die Rezeptionistin, auf deren Namensschild Anna steht, deutet zu ihrer Rechten. »Gehen Sie durch und genießen Sie eine große Auswahl an Getränken und Snacks in unserer Hotelbar.«

»Danke.«

Nur kurze Zeit später wähne ich mich im siebten Himmel. Ich sitze in einem gepolsterten Sessel an der Fensterfront, die den Blick zum See freigibt, und genieße einen pechschwarzen, heißen Kaffee. Er schmeckt köstlich und ich schließe kurz verträumt die Augen. Eine schlechte Idee, denn sofort durchzuckt mich ein süßes Verlangen nach dem Mann, vor dem ich hierher geflohen bin. Während ich weiter gedankenverloren an meiner Tasse nippe, frage ich mich, wie dieser Tag nur so eine überraschende Wendung nehmen konnte. Schuld daran war nur dieses Knistern im Herbstlaub. Warum habe ich Mats von diesem albernen Wunsch erzählt? Ob ich will oder nicht, die Erinnerung an diese schöne Überraschung lässt mich Lächeln.

Du drehst dich im Kreis, Inger, maßregle ich mich selbst. Trotzdem kann ich nicht anders, als gefühlt jeden Augenblick dieses Tages erneut Revue passieren zu lassen. Immer und immer wieder, während ich dem Regen zuschaue, der auf den See prasselt.

»Darf es noch etwas sein?«

Ich blicke auf und sehe in das freundliche Gesicht einer Hotelangestellten. Zu einem weiteren Kaffee würde ich nicht Nein sagen, zumal ich somit die Rückkehr zum Ferienhaus noch weiter hinauszögern kann.

»Ich nehme gern noch eine Tasse Kaffee.«

KAPITEL 19

Mats

So langsam mache ich mir Sorgen um Inger. Sie muss weggefahren sein, als ich unter der Dusche stand, und seitdem ist sie nicht wieder zurückgekommen. Ich weiß das, denn ich renne ständig zum Küchenfenster, das zur Straßenseite rausgeht, und schaue nach, ob ihr kleiner dunkelgrüner Mini nicht endlich in die Hofeinfahrt einbiegt. Inzwischen müssen schon zwei Stunden vergangen sein, seit sie gegangen ist, und Lillaström ist nicht so groß, als dass sich Besorgungen nicht in kürzerer Zeit erledigen lassen. Zudem regnet es noch immer in Strömen, sodass ein zufälliger Plausch auf der Straße kaum der Zeitfresser sein kann. Das Café soll erst in der nächsten Woche wieder öffnen. Wo ist sie also?

Auf meine beiden Anrufe hat sie nicht reagiert, und ich befürchte, sie könnte das Telefonat mit Frida in den falschen Hals bekommen haben. Was aber, wenn ihr etwas zugestoßen ist? Der Gedanke,

Inger könnte etwas passiert sein, lässt mich nicht los, auch wenn ich insgeheim weiß, dass ich mir das nur einrede, um eine plausible Ausrede zu haben, nach ihr suchen zu können.

Ich raufe mir die Haare, ziehe Schuhe an und haste zu meinem Wagen, mit dem ich auf direktem Weg nach Lillaström fahre. Doch was, wenn ich sie finde? Ich kann ihr ja schlecht sagen, übrigens das mit Frida ist endgültig vorbei und ich würde gern dort mit dir weitermachen, wo wir aufgehört haben. Auch wenn es exakt das ist, was ich gern loswerden möchte. Weniger das mit Frida, vielmehr das mit ihr und mir. Inger hat ein regelrechtes Feuer – eher einen Waldbrand – in mir entfacht und ich kann an nichts anderes mehr denken als an ihre liebreizenden Kurven und ihre vollen Lippen. Doch ob ich jemals wieder die Chance dazu bekomme, sie erneut zu küssen, steht in den Sternen.

Meine schleichende Fahrt durch Lillaström ist nicht von Erfolg gekrönt. Von Ingers Wagen ist weit und breit nichts zu sehen. Ob am Rathaus, der Polizeistation, am *Hörnan* – rund um den Marktplatz ist alles wie ausgestorben. Das einzig Gute ist, dass ihr Auto glücklicherweise nicht unter den parkenden Fahrzeugen vor der Arztpraxis dabei ist. Vorsichtshalber fahre ich noch zum *Little Italy*, aber auch hier ist der Parkplatz leer.

Ich setze auf die Straße zurück, als mich ein mulmiges Gefühl beim Blick auf den Wegweiser zum Hotel überkommt. Sie wird doch nicht … Ergreift Inger womöglich die Flucht vor mir? Bereut sie etwa, was vorgefallen ist? Wäre das ein Grund für sie, ins Hotel zu ziehen?

Nein, Inger würde niemals klein beigeben, nachdem sie so hart um das Ferienhaus gekämpft hatte. Sicher bin ich mir aber nicht.

Während ich der Straße am See entlang weiter in Richtung Süden folge, wächst das ungute Gefühl in mir, in Kürze eine unliebsame Überraschung zu erleben.

Das Hotel ›Sjöntsikt‹ taucht zu meiner Linken auf. Es liegt wunderschön, direkt am Wasser und scheint gut belegt zu sein. Jedenfalls steht der ganze Parkplatz voll mit Autos. Ich hoffe darauf, ein bestimmtes nicht darunter zu entdecken, doch der dunkelgrüne Mini springt mir direkt ins Auge. Der Anblick fühlt sich an wie ein Faustschlag in die Magengrube. Meine Befürchtung bewahrheitet sich: Inger hat ihre Entscheidung demnach getroffen.

Die Erkenntnis ist schmerzhaft, auch wenn ich weiß, dass ich keinen Grund habe, enttäuscht zu sein. Schließlich hatte ich von Beginn unseres gemeinsamen Aufenthalts im Ferienhaus darauf gehofft, dass sie aufgibt und ins Hotel zieht. Aber nachdem wir uns näher gekommen sind … Nun ja, ich dachte halt, dass …

Ich betitle mich selbst als »Idiot« und denke einen Moment darüber nach, ins Hotel zu gehen, um mit ihr zu reden. Aber das wäre absurd. Den Gedanken verwerfe ich schnell wieder und verlasse stattdessen den Parkplatz. Dieses Mal fahre ich nicht den Umweg durch Lillaström, sondern direkt zum Ferienhaus zurück. Und siehe da, so weit liegt das Hotel gar nicht entfernt. Ein Fußmarsch dorthin käme dem zum Marktplatz gleich.

Die ganze Fahrt über quält mich die Frage, wann Inger ins Ferienhaus zurückkommt und ob sie sich noch von mir verabschieden wird? Dadurch, dass ich zuvor nach ihr gesucht habe, weiß ich immerhin, dass ihr ganzes Gepäck noch hier ist – sie muss also noch einmal herkommen. Aber hofft sie vielleicht darauf, dass ich dann nicht da bin?

Meine Laune ist am absoluten Tiefpunkt angekommen und meine Beine fühlen sich wie Blei an, als ich den Wagen an der Straße parke und zum Haus trotte. Doch es stört mich nicht weiter, dass ich an diesem Tag schon zum zweiten Mal vom Regen nass werde. Ich lasse die knarzende Tür hinter mir ins Schloss fallen und hole einmal tief Luft. Was soll ich jetzt nur mit mir anfangen?

Vor ein paar Tagen hätte ich vor Freude, Inger los zu sein, auf dem Tisch getanzt. Heute steht mir der Sinn eher danach, Kleinholz daraus zu machen. Ich könnte eine Flasche Wein öffnen und feiern, wieder allein zu sein. Doch auch diese Idee klingt in meinen Ohren nicht verlockend. Vielleicht mache ich ja auch einfach … nichts. Ja, genau. Nichts. Das klingt nach einem Plan.

So streife ich die Schuhe von meinen Füßen und gehe die Treppen nach oben ins Gästezimmer, das ich schon seit meiner Ankunft bewohne und das einen fantastischen Blick auf den See und die Umgebung bietet. Allerdings ist es draußen zwischenzeitlich finster. Nur der Regen ist zu hören, der gegen die Fenster schlägt. Ich schalte die Nachttischlampe ein, die den Raum in warmes Licht taucht, und betrachte mein Spiegelbild im Fensterglas.

Was für ein verrückter Tag, prall gefüllt mit absolutem Gefühlschaos. Doch während ich darauf hoffe, ein altes Kapitel endlich erfolgreich zugeschlagen zu haben, will es mir nicht gelingen, ein neues aufzuschlagen. Die Sache mit Inger hat mich völlig unvorbereitet getroffen und das alles droht mir, über den Kopf zu wachsen.

Wie lange ich schon am Fenster stehe, merke ich erst, als ich höre, dass die Haustür geöffnet wird. Mein Herz schlägt plötzlich schneller und ich muss all meine Willenskraft aufbringen, nicht sofort nach unten zu stürmen und Inger kräftig zu schütteln. Stattdessen wage ich kaum zu atmen, damit mir kein Geräusch im Haus entgeht. Seltsamerweise hört es sich so an, als ob sie in die Küche gegangen ist. Vielleicht hat sie es ja doch nicht so eilig, von mir wegzukommen.

Meine eigene Naivität verleitet mich dazu, die Augen zu verdrehen.

»Mats? Mats, bist du da?«, höre ich sie nach mir rufen, ehe ich ihre Schritte auf der Treppe wahrnehme.

Mein Puls beschleunigt sich und plötzlich ärgere ich mich darüber, dass ich mir nicht zuvor schon Gedanken darüber gemacht habe, wie ich reagieren oder was ich ihr sagen soll.

»Ich war in Lillaström und habe uns etwas zu essen mitgebracht. Ich dachte, wir können mal in Ruhe miteinander reden.«

Habe ich womöglich doch voreilige Schlüsse gezogen? War sie nur im Hotel, um uns dort etwas zum Essen zu holen? Aber dafür braucht man doch nicht über zwei Stunden? Außerdem will sie mit mir reden …

»Mats?«

Es klopft an meiner Tür und ich bemerke erst jetzt, wie unhöflich es von mir war, ihr bisher nicht zu antworten. »Moment!« Moment? Auf was will ich sie denn warten lassen? Doch da ich sie nicht einfach aufgefordert habe einzutreten, gehe ich nun zur Zimmertür. Ehe ich den Türgriff nach unten drücke, atme ich noch einmal tief ein und aus, gespannt darauf zu erfahren, was sie mit mir zu bereden hat.

KAPITEL 20

Inger

Während ich darauf warte, dass Mats seine Zimmertür öffnet, spiele ich nervös an meiner Unterlippe herum und wische mir meine feuchten Hände an meiner Jeans ab. Es dauert eine gefühlte Ewigkeit, bis der Griff nach unten gedrückt wird und die Tür aufgeht. Mats steht mir gegenüber und schaut mich bedröppelt an.

»Habe ich dich geweckt?«

»Geweckt?«, hakt er irritiert nach und schüttelt den Kopf. »Nein. Ich habe nicht geschlafen. Ich habe nur ein bisschen nachgedacht.«

Am liebsten hätte ich ihn gefragt, worüber er nachgedacht hat. Über den Kuss oder vielmehr unsere wilden Knutschereien. Oder doch eher über Frida und darüber, dass sie ihn zurückhaben will. Egal, das geht mich nichts an.

»Ich habe uns Abendessen mitgebracht. Ich dachte, du hast vielleicht Hunger und wir könnten ein bisschen reden.« Sicher werde ich keinen Bissen hinunterbekommen. Nicht, solange wir nicht über die Vorfälle dieses Tages gesprochen haben und ich einschätzen kann, wie Mats auf meinen Umzug ins Hotel reagieren wird. Jedenfalls kann ich nicht einfach so weitermachen und so tun, als wäre nichts geschehen. Was nicht heißen soll, dass ich es bereue. Ich glaube lediglich, dass wir klarstellen sollten, dass uns der Moment übermannt hat. Denn nach allem, was Mats und ich gemeinsam erlebt haben, möchte ich ihm auch später noch in die Augen schauen können, wenn wir uns in Stockholm über den Weg laufen, was wegen Agi und Mika durchaus möglich ist. Diesen Abschluss haben wir uns beide verdient.

»Du willst mit mir reden? Worüber?« Er fährt sich durch seine dunklen, lockigen Haare und seine Anspannung ist ihm deutlich anzumerken.

Seine abweisende Reaktion weiß ich nicht zu deuten und ich frage mich allmählich, wie sein Gespräch mit Frida gelaufen ist.

»Ist alles in Ordnung? Du bist plötzlich so …« Ich denke kurz darüber nach, wie ich sein Verhalten am treffendsten beschreibe, ohne ihn vor den Kopf zu stoßen. »Anders.«

»Um ehrlich zu sein, es ist nicht alles in Ordnung.«

Wird er mir jetzt gleich sagen, dass er eine Versöhnung mit seiner Ex plant und bereut, was zwischen uns geschehen ist? Vielleicht tut es nicht so weh, wenn ich ihm zuvorkomme?

»Wenn es wegen uns ist und dem, was heute passiert ist, dann kann ich dich beruhigen. Mach dir keinen Kopf. Es ist schon vergessen.« Ich lüge ihm dreist ins Gesicht, denn solche Küsse vergisst man nicht. »Falls du jedoch mit dem Gedanken spielst, wieder zu Frida zurückzukehren, dann …« Ich unterbreche mich sofort selbst, als mir bewusst wird, dass ich mich in etwas einmische, das mich nichts angeht. Entschuldigend hebe ich die Hände. »Tut mir leid, das geht mich nichts an.«

»Vergessen? Im Ernst, Inger? Du willst es vergessen?« Er deutet an mir vorbei, die Stufen nach unten. »Wolltest du etwa darüber mit mir beim Abendessen sprechen? Dass wir die ganze Sache vergessen?«

Warum fühle ich mich auf einmal so schlecht? Liegt es an Mats' enttäuschtem Gesichtsausdruck oder daran, dass ich aus Selbstschutz wider meinen eigenen Gefühlen gehandelt habe?

»Warum warst du im Hotel? Sicher nicht, wegen eines Abendessens.«

Verwundert sehe ich ihn an und mein Herz schlägt plötzlich schneller. »Woher weißt du das?«

»Du warst zwei Stunden verschwunden und hast kein Sterbenswörtchen gesagt. Ich habe mir Sorgen um dich gemacht und dich in ganz Lillaström gesucht. Zumal …« Er wendet sich von mir ab und ich frage mich, warum er nicht weiterspricht. Immerhin könnte er mir erklären, weshalb er glaubte, nach mir suchen zu müssen. Ich bin mir jedenfalls sicher, dass er bereits weiß, dass mein Auszug unmittelbar bevorsteht. »Zumal was?«

Mit verschränkten Armen lehnt er sich gegen eine alte Holzkommode in Biedermeier-Optik und sieht mich durchdringend an. »Zumal ich befürchte, dass du wegen des Telefonates mit Frida etwas in den falschen Hals bekommen hast.«

»Die Absicht deiner Ex-Freundin war leider nicht zu überhören.«

»Was noch lange nicht heißen soll, dass sie das, was sie will, auch bekommt.«

Ist Mats standhaft geblieben? »Das würde voraussetzen, dass ihr nicht das Gleiche wollt.«

»Wenn mir die letzten Tage eines ganz deutlich gezeigt haben, dann, dass wir beide ganz sicher nicht das Gleiche wollen.«

»Nicht?«

»Nein.« Er stößt sich an der Kommode ab, kommt auf mich zu und greift nach meinen Händen. »Ich will beispielsweise nicht, dass du ins Hotel ziehst.«

Bei seinen Worten kribbelt mein Körper erwartungsvoll. »Aber wäre das nicht vernünftiger? Wir haben über das, was heute passiert ist, noch nicht gesprochen und ich …«

Mats unterbricht mich, indem er mir einen flüchtigen Kuss auf die Lippen haucht, der mich verwirrt zurücklässt. »Und du, was?«

»I-Ich …«

Seine dunkelbraunen Augen brennen vor Verlangen und ich werfe jede Vorsicht über Bord. »Ich würde mir selbst nicht trauen, wenn ich hierbleibe.« Um ihm das zu beweisen, befreie ich meine Hände aus seinen, schlinge sie in seinen Nacken und ziehe ihn bestimmend zu mir, bis sich unsere Lippen erneut berühren. Ich schenke ihm einen leidenschaftlichen Kuss, den er heiß und innig erwidert. Er legt seine Arme um meine Taille und zieht mich näher zu sich. Sein Brustkorb hebt und senkt sich aufgeregt und mich überkommt ein Gefühl, als ob unsere wild tobenden Herzen im Einklang schlagen würden.

»Geh nicht. Bleib bei mir«, haucht Mats atemlos an meinen Mund.

Seine Bitte berührt mich und entspricht exakt dem, was ich mir wünsche: Ich will bei ihm bleiben. Diese Nacht werde ich in seinem Bett und seinen Armen verbringen. Alles andere erscheint mir in diesem Moment nicht wichtig. »Ja.«

Meine Hände gleiten über seinen Brustkorb und unter sein T-Shirt, wo ich seine warme Haut erkunde. Ich spüre die feinen Haare auf seinem flachen Bauch, die sich bis zu seiner Brust hinaufziehen. Ich wusste bisher nicht, dass ich auf behaarte Männer stehe, aber das verlangende Ziehen zwischen meinen Schenkeln lehrt mich eines Besseren. Bestimmend schiebe ich den Stoff seines Shirts nach oben und bin dankbar, dass er meinen stummen Hinweis sofort versteht. Für einen kurzen Augenblick unterbricht er unseren Kuss, um sich das Oberteil über den Kopf zu ziehen und achtlos zur Seite zu werfen, nur um mich gleich darauf wieder leidenschaftlich zu küssen.

Mir entfährt ein wohliges Seufzen, denn seine Küsse gleichen einem aufreizenden Vorspiel. Das verlockende Spiel seiner Zunge bringt mich um den Verstand. Ich will ihn. So sehr, dass es wehtut.

Ich fasse an den Bund seiner Jeans und öffne nacheinander die Knöpfe. Mats ist so erregt und seine Hose so eng, dass ich mich dabei schwertue. Gleichzeitig verstärkt sich aber das tiefe Verlangen in mir, mit dem Wissen, dass er mich begehrt.

Mein Herz hämmert so aufgeregt in meiner Brust, dass ich nur noch das Rauschen meiner eigenen Leidenschaft hören kann.

Wieder ist er mir behilflich. Ohne unsere wilden Küsse zu unterbrechen, schiebt er die Jeans über seine Hüften, die mit Hilfe von ein wenig Fuß-Akrobatik zu Boden fällt.

Ehe ich seinen fast nackten Körper weiter erkunden kann, hebt er mich hoch und ich schlinge instinktiv meine Beine um seine Hüften. Ich fühle seine Härte, die gegen mich drückt, und genieße es, sein tiefes und kehliges Stöhnen mit meinem Mund aufzufangen. Gleichzeitig bin ich so erregt, dass ich mich an ihm reibe und in seinen Armen am liebsten zerschmelzen will.

»Inger.«

Seine Küsse an meinem Hals entlocken mir ein zufriedenes Stöhnen, und mir wird bewusst, dass mein Körper momentan eine einzige erogene Zone ist.

»Inger.«

»Ja?« Ich will nicht reden.

»In diesem Tempo schaffen wir es nicht einmal mehr bis zum Bett. Dabei haben wir die ganze Nacht Zeit.« Zärtlich fährt er mit seinem Daumen über meine Wange. »Außerdem hast du im Gegensatz zu mir noch ziemlich viel an.«

Perplex schaue ich an mir hinunter. Er hat recht, ich bin noch vollständig angezogen und kann mir nichts Schöneres vorstellen, als diesen Zustand schnellstmöglich zu ändern –gern mit Hilfe. »Das darfst du jederzeit ändern.« Ich zwinkere ihm aufmunternd zu und Mats lässt sich das kein zweites Mal sagen.

Ich löse meine Beine und genieße es, wie er mich langsam an sich hinuntergleiten lässt. Dann führt er mich zum Bett und zieht mich aus. Zuerst den Pullover, dann die Jeans und die Strümpfe. Dabei hinterlässt er kleine Küsse auf meiner nackten Haut. Er schiebt mein Top nach oben und zieht es mir über den Kopf. Als ich wieder zu ihm blicke, sehe ich, dass er meine Brüste anstarrt, die von einem dunkelblauen BH gehalten werden. Sein Blick befeuert mein Herzklopfen, wodurch sich meine Brust noch stärker hebt und senkt. Doch er steht einfach nur da und schaut. Dann gleiten seine Daumen unter die Träger und schieben sie über meine Schultern. Wie genau er es gemacht hat, weiß ich nicht, aber plötzlich fällt mein BH zu Boden, ohne dass ich bemerkt habe, wie er den Verschluss öffnet.

»Du bist so unglaublich schön, Inger.«

Meine Wangen glühen inzwischen und ich glaube, ich habe noch nie in meinen Leben so ein aufrichtiges und herzerwärmendes Kompliment erhalten. Kein Wunder also, dass ich bereit bin, jeden Augenblick mit Mats auszukosten, seinen Körper zu erkunden und keine Sekunde einen Gedanken an morgen zu verschwenden …

KAPITEL 21

Mats

Ist das alles nur ein Traum? Wenn ja, dann will ich nicht aufwachen. Ich möchte weiterhin meinen Kopf an Ingers Brust schmiegen, meine Beine mit ihren verweben und zärtlich über ihre weiche Haut streicheln. Ich will ihren gleichmäßigen Herzschlag an meiner Schläfe fühlen, und ihre Finger, die liebevoll durch meine Haare gleiten.

Meine Hand streicht über ihre Hüfte und Taille nach oben, bis mein Daumen den Ansatz ihrer Brust ertastet. Verlangend neige ich den Kopf und küsse ihren perfekten Busen. Sofort richtet sich ihre Brustwarze auf und das Verlangen kehrt in meine Lenden zurück. Ich habe jegliches Zeitgefühl verloren, doch mittlerweile muss es bereits Mitternacht sein.

Inger atmet tief ein und ihr entfährt ein zufriedener Laut. Sie reibt ihr Bein betörend langsam an meinem und legt ihre Hand auf meine. Als sie ihr Becken aufreizend nach vorn kippt, ist es um mich geschehen. Mit einer schnellen Drehung liege ich auf ihr, stemme mich mit den Unterarmen nach oben und suche ihre Lippen.

»Mats?«

»Hmmm«, brumme ich versonnen, nicht gewillt, auch nur eine Sekunde von ihr abzulassen.

»Mats? Hast du das auch gehört?«

»Was meinst du?«

»Die Wagentür.«

Meine Küsse hinterlassen eine feuchte Spur auf ihrem Hals. »Da war nichts.«

»Ich bin mir aber ziemlich sicher, dass ich was gehört habe.«

Ich hebe den Kopf und lächle. »Vielleicht ist das ja Tomte, der mal wieder vorbeischaut.«

»Das ist nicht witzig«, antwortet sie mir, wobei ihr Lächeln etwas anderes sagt. »Würdest du bitte nachschauen?«

»Du willst doch nur, dass ich nackt vor dir herumlaufe.« Ich küsse sie. »Was ich natürlich jederzeit für dich tun würde, auch ohne deine lahmen Vorwände.«

Sie stößt mich gegen die Schulter. »Hey, ich habe wirklich etwas gehört.« Sie legt ihre Hand auf meinen Hintern. »Aber ich habe auch nichts dagegen, wenn du hier ein bisschen nackt herumspazierst.«

»Wusste ich es doch. Ich …« Meinen Satz kann ich nicht beenden, denn ich werde von einem lauten Klopfen an der Haustür unterbrochen. Verdammt, wer stört denn noch um diese Uhrzeit?

»Ich sagte doch, dass ich eine Autotür gehört habe«, flüstert Inger und blickt ertappt zur Tür, die in die Diele führt.

»Das haben wir gleich.« Widerwillig stehe ich von der Couch auf und sehe mich um. Ich greife nach meinen Shorts und meinem Shirt, das ich mir übergezogen habe, als Inger und ich beschlossen haben, in die Küche zu gehen, um einen Happen zu essen, und es daraufhin leider nicht mehr zurück in mein Bett im ersten Stock geschafft haben. Ja, wir hatten es nicht einmal mehr bis zur Wohnlandschaft geschafft, so …

Es klopft erneut. Mein Puls schnellt in die Höhe und mein Magen zieht sich zusammen, als ich die Stimme höre, die meinen Namen ruft.

»Mats, mach die Tür auf. Ich weiß, dass du da bist. Dein Wagen steht an der Straße und es brennt Licht.«

»Ist das Frida?«

Ich sehe zu Inger, die kerzengerade auf der Couch sitzt, und mich erschrocken und enttäuscht ansieht.

»Ich befürchte ja.« Hilflos hebe ich die Hände. »Keine Ahnung, was sie hier zu suchen hat.«

Inger steht auf, wickelt sich eine Wolldecke um ihren wunderschönen Körper und sieht mich eindringlich an. »Ich lasse mich ungern verarschen, Mats.«

»Aber ich …«

Sie hebt ihren dunkelblauen Slip und ihr Top vom Boden auf und geht ohne ein weiteres Wort. Kurz darauf höre ich, wie die Tür zu ihrem Zimmer zufällt.

»Mats, im Ernst. Mach endlich auf.«

Missmutig ziehe ich mir die Shorts und das T-Shirt über und überlege bereits, wie ich Frida loswerden kann, und es gleichzeitig schaffe, Inger zu besänftigen. Ich kann doch nichts dafür, dass meine Ex plötzlich vor der Tür steht. Was zur Hölle hat sie hier zu suchen?

Schwungvoll öffne ich die Tür. »Was willst du hier, Frida?« Meine Begrüßung fällt nicht freundlich aus, aber ich habe keine Lust mehr auf diese Spielchen.

»Was ist denn das für eine Begrüßung?«

Ehe ich mich versehen kann, hat sie mich in eine Umarmung gezogen und küsst mich. Auf den Mund!

»Lass das bitte.« Anstatt meiner Aufforderung nachzukommen, küsst sie mich erneut.

»Aber das hat dir doch sonst immer gefallen.« Ihre Hände gleiten zu meinem Nacken, und sie versucht, mich bestimmend ein weiteres Mal zu sich zu ziehen.

»Frida, hör endlich auf damit.«

»Schon gut.« Sie verdreht die Augen und stößt mich weg. »Wenn du jetzt einen auf empfindlich machen willst … Eigentlich dachte ich, du würdest dich freuen, mich zu sehen, da ich die lange Fahrt von Stockholm in dieses Kaff auf mich genommen habe.«

»Niemand hat dich eingeladen. Und eigentlich dachte ich, dass ich dir meine Meinung am Telefon deutlich mitgeteilt habe.«

»Papperlapapp.« Sie schiebt mich zur Seite und verschafft sich ungefragt und ungebeten Zutritt zum Haus. Ich sehe ihr hinterher, wie sie durch den Flur stolziert, und seufze innerlich. Es ist keine fünf Minuten her, da wähnte ich mich noch im Himmel. Jetzt fühlt es sich vielmehr nach der Hölle an.

Ich schließe die Haustür, folge Frida ins Wohnzimmer und beobachte meine Ex dabei, wie sie sich auf exakt die Stelle auf der Couch setzt, wo noch wenige Augenblicke zuvor Inger in meinen Armen lag.

»Hast du etwa auf dem Sofa geschlafen?« Ihre Hand streicht über den Bezug. »Es ist noch ganz warm.«

»Und wenn schon. Was kümmert es dich?«

»Du tust ja gerade so, als ob du mir egal wärst.« Sie lehnt sich entspannt zurück. »Vermutlich hast du wieder einmal Fernsehen geschaut und bist dabei eingeschlafen?«

»Frida.« Ich seufze und verschränke die Arme vor der Brust. »Was willst du hier?«

»Mit dir reden. Am Telefon hast du mich ja nicht zu Wort kommen lassen. Ich …«

Ehe sie weitersprechen kann, ist von nebenan ein Geräusch zu hören. Irgendetwas muss Inger aus der Hand gefallen sein. Wie von der Tarantel gestochen, fährt Frida auf und deutet in die Richtung, aus der das Geräusch kam.

»Was war das?«

»Das war vermutlich Inger. Du kennst Inger doch noch? Sie verbringt ebenfalls ihren Urlaub hier.« Ist es gemein, dass mir ihr entsetzter Gesichtsausdruck gefällt? Tränen brennen in ihren Augen, doch ich kenne sie gut genug, um zu wissen, dass sie nicht von Traurigkeit zeugen, sondern vielmehr von gekränkter Eitelkeit.

»Du bist mit einer anderen Frau hier?«

»Und wenn schon, das geht dich nichts an. Außerdem, was interessiert es dich?« Ich deute zur Tür. »Würdest du jetzt wieder gehen?«

»Ich war stundenlang im Auto unterwegs, um mit dir zu reden, und werde nun sicher nicht einfach so wieder verschwinden.«

»Ich will aber nicht mit dir reden. Wir haben uns getrennt, schon vergessen?« So langsam macht sie mich wütend und ich wünsche mir nichts sehnlicher, als dass sie endlich geht. Die Erkenntnis trifft mich völlig unvorbereitet. Noch vor zwei Tagen hätte ich meine Hand nicht dafür ins Feuer gelegt, standhaft zu bleiben.

»Nein, *du* hast dich getrennt, ohne mir die Chance zu geben, mit dir zu sprechen. *Ich* habe mich demnach nicht von dir getrennt.«

Hat sie das gerade allen Ernstes gesagt? Ich frage mich, ob sie schon immer so bescheuert war. »Nein, du hast mich lediglich betrogen und hintergangen.«

»Und ich bin bereit, mich für diesen Ausrutscher zu entschuldigen.« Sie tritt auf mich zu und legt mir ihre Hand auf die Brust. »Und es auch wiedergutzumachen.«

Ihre Berührung lässt mich absolut kalt, ebenso wie ihre knallroten Lippen, über die sie sich aufreizend leckt. »Ich verzichte auf jegliche Wiedergutmachung.«

»Ach, ich vergaß, du bist ja nicht allein hier«, ätzt sie.

Wie auf Kommando öffnet sich Ingers Zimmertür und ich halte den Atem an.

»Hallo, Frida, was treibt dich denn nach Lillaström?«

Inger hat eine Jogginghose und ihre rote Strickweste angezogen. Ihre Haare sind zu einem Zopf gebunden und ihre Hände tief in den Taschen ihrer Hose vergraben.

»Inger.« Die Überraschung ist Frida anzumerken. »Seltsam, ausgerechnet dich hier zu sehen. Hast du darauf gehofft, dass dein zweites Date mit Mats erfolgreicher verläuft?« Frida taxiert sie mit gerümpfter Nase und spricht in abfälligem Ton. »Dann hättest du dich aber vermutlich mehr in Schale werfen müssen.«

Hätte sie nicht, würde ich am liebsten ergänzen, denn selbst in ihren Schlabberklamotten sieht Inger zum Anbeißen aus.

»Sei es drum. Ich bin hier, um mit Mats zu sprechen, und habe darauf gehofft, das ungestört tun zu können.«

Inger deutet in die Richtung ihres Zimmers. »Ich will euch ganz sicher nicht stören. Gebt mir noch fünf Minuten, bis ich all meine Sachen zusammengepackt habe, dann seid ihr mich los.«

Ihre Worte treffen mich wie ein Schlag. Sie will also doch gehen? »Inger, nicht.« Meinen flehentlichen Ton ignoriert sie ebenso wie mich und sieht mich nicht einmal mehr an.

»Lass sie doch.« In Fridas Stimme klingt Genugtuung mit.

»Sicher nicht. Sie wurde ebenso eingeladen wie ich, hier ein paar Tage zu verbringen.«

»Gib Bescheid, wenn ich dir packen helfen soll«, ruft Frida ihr zufrieden hinterher, als Inger uns stehen lässt.

Ich lasse meinen Kopf sinken. Frida und ihren Dickkopf werde ich heute sicherlich nicht mehr los. Doch so einfach gebe ich nicht auf. Meine Beine setzen sich von selbst in Bewegung und ich folge Inger in ihr Zimmer. Ich drehe mich noch einmal um und sehe Frida durchdringend an. »Wage es nicht, mir zu folgen oder zu lauschen. Ich warne dich.«

Ohne anzuklopfen, trete ich ein, schließe die Tür hinter mir und sehe Inger dabei zu, wie sie ihre Kleidung unsortiert in ihren Koffer stopft, der bereits zur Hälfte gefüllt ist. »Ich hatte keine Ahnung, dass sie kommt. Bitte, du musst mir glauben.«

»Und trotzdem ist sie hier und spricht von Entschuldigung und Wiedergutmachung.«

»Ich kläre das mit ihr.« Hoffnungsvoll trete ich näher, in der Absicht, sie zu berühren. Doch sie entzieht sich mir. Es wäre gelogen, wenn ich nicht zugeben würde, dass ich enttäuscht bin. »Warte bitte, ich bin gleich zurück.«

Als ich ins Wohnzimmer zurückkehre, hat Frida ihren Mantel ausgezogen und sich in ihrem Seidenkleid bereits in Pose gebracht. Wie oft habe ich mich auf diese Art und Weise schon von ihr um den Finger wickeln lassen – aber nicht dieses Mal.

»Frida, ich will, dass du jetzt gehst. Wenn du mit mir reden willst, schön. Wir können uns morgen treffen und dann kannst du mir all die Ausflüchte nennen, die dich in die Arme eines anderen Mannes getrieben haben, aber nicht jetzt.«

»Ich verstehe, dass ich dich mit meinem überraschenden Auftauchen überrumpelt habe. Aber glaub mir, es gibt einen guten Grund dafür.«

Sie kommt auf mich zu, fährt mit ihren Fingern über meine Brust und ich kann nicht anders, als nach ihren Händen zu greifen, um sie zu stoppen. Da wird mir klar, dass mich Fridas Berührungen absolut kalt lassen.

»Hör endlich auf damit.« Meine Stimme klingt gefährlich leise und ich merke, wie wütend ich zwischenzeitlich bin und wie sehr mich ihr aufdringliches Verhalten anekelt. »Ich will jetzt wirklich, dass du gehst, Frida.«

»Aber wo soll ich denn hin?«

Ihr weinerlicher Ton kann mich nicht erweichen. »Es gibt ein Hotel in Lillaström.«

»Um diese Uhrzeit bekomme ich da sicher kein Zimmer mehr.«

Langsam werde ich ungehalten. »Dann musst du halt im Auto schlafen, und …«

»Du würdest uns eher eine Nacht im kalten Auto schlafen lassen, anstatt uns ein Dach über dem Kopf anzubieten?«

»Uns?« Jetzt bin ich völlig irritiert.

»Ja, uns.« Sie streicht sich über ihren Bauch und lächelt mich dümmlich an. »Das ist es doch, worüber ich unbedingt mit dir sprechen wollte.«

Der Boden unter meinen Füßen gibt nach und ich taumle zum Sofa. Ich fühle ein unangenehmes Rauschen in meinen Ohren und nehme nichts mehr um mich herum wahr. Wie kann das möglich sein? Frida bekommt ein Kind? Von mir?

KAPITEL 22

Inger

Ich schließe die Augen und lehne meinen Kopf gegen die Wand neben der Zimmertür. Mein Magen fühlt sich an, als hätte ihn jemand als Sandsack missbraucht. Ich habe den Schlag nicht kommen sehen.

Es ist das eine, dass Frida plötzlich vor der Tür steht und meine gemeinsame Zeit mit Mats so abrupt enden lässt. Doch selbst wenn die Chance bestanden hätte, dass es nicht bei einer einmaligen Nacht bleiben würde, hat die Tatsache, dass Frida schwanger ist, alles geändert. Ich weiß, ich sollte nicht so denken, doch natürlich stelle ich mir die Frage, ob das Kind wirklich von Mats ist. Immerhin hatte sie eine Affäre. Andererseits hat er den Fehler schon einmal gemacht, Frida zurückzunehmen, obwohl jeder Zweifel an ihrer Treue gerechtfertigt war.

Mit einem Mal fühle ich mich müde und erschöpft. In meinem Leben gibt es so viele Baustellen, um die ich mich kümmern muss, da kann ich nicht auch noch Liebeskummer und Dramen gebrauchen.

Ich gehe zurück zu meinem Bett, klappe meinen Koffer zu, schließe den Reißverschluss und stelle ihn auf den Boden. Den Weg ins Badezimmer erspare ich mir. Im Hotel gibt es alle Toiletten-Artikel, die ich benötige, und ich möchte meinen Aufenthalt im Ferienhaus nicht weiter in die Länge ziehen. Ein Glück, dass ich am Nachmittag zum Hotel gefahren bin und mich jetzt nicht fragen muss, wo ich unterkommen kann. Ich will hier nur noch weg. Dumm nur, dass mich mein Fluchtweg an den beiden vorbeiführen wird. Mir steht weder der Sinn danach, Frida noch einmal sehen zu müssen, noch Mats zu begegnen.

Was Mats anbelangt, habe ich nichts zu befürchten. Er sitzt auf der Couch und starrt geradezu paralysiert auf den Boden vor sich und wird sicherlich nicht erneut versuchen, mich zum Bleiben zu überreden. Frida hingegen schenkt mir zum Abschied ein falsches Lächeln und streicht sich über ihren Bauch. Sie trägt ein Seidennegligé und ihre Absicht Mats gegenüber ist nur allzu deutlich erkennbar.

Ohne ein weiteres Wort verlasse ich das Haus und halte kurz inne, um ein letztes Mal das knarzende Geräusch der Haustür zu hören, das mir zwischenzeitlich so vertraut ist.

Als ich kurze Zeit später das Hotel betrete, komme ich mir in meiner Jogginghose und meiner alten roten Strickweste dämlich und ziemlich *underdressed* vor. An der Rezeption steht ein Mann, dem ich bisher noch nicht begegnet bin. Er sieht mich verwundert an, weshalb ich ihm meine Zimmerkarte zeige und ihm die Zimmernummer nenne. Zuvorkommend begleitet er mich daraufhin zum Fahrstuhl, der mich in den zweiten Stock bringen soll.

»Ich wünsche Ihnen einen angenehmen Aufenthalt.«

»Danke«, erwidere ich leise und weiß, dass mein Aufenthalt nicht von langer Dauer sein wird. Zwar habe ich für das gesamte Wochenende gebucht, aber vielleicht ist es doch besser, früher abzureisen.

Mein Zimmer hat eine angenehme Größe, ist modern eingerichtet und der Mond am aufklarenden Nachthimmel verrät mir, dass ich am nächsten Morgen mit Seeblick aufwachen werde – wenn ich überhaupt schlafen kann.

Gedankenverloren öffne ich die Minibar. Whiskey, Bourbon, Bier, Wein und Sekt lachen mich an. Vielleicht sollte ich meinen Kummer in überteuertem Alkohol ertränken? Ich greife in den kleinen Kühlschrank, nehme mir einen Softdrink und Schokolinsen. Hilft Schokolade nicht immer?

Den Koffer packe ich jetzt nicht mehr aus, stattdessen streife ich mir die Schuhe von den Füßen, lege mich auf das Bett und schalte den Fernseher ein. Nachdem ich alle Sender mindestens zweimal durchgezappt habe, entscheide ich mich für eine Krimi-Serie, von der ich noch nie gehört habe. Mit dem Plan, die Packung Schokolinsen in meiner Hand in den nächsten Minuten noch zu öffnen und mich von ihnen trösten zu lassen, schließe ich die Augen.

In der Nacht wache ich ständig auf. Mein Schlaf ist unruhig und lässt mich den Abend ständig neu erleben. Ob das nun die zärtlichen Liebkosungen von Mats sind oder Fridas plötzliches Auftauchen, die wie ein Tornado in das Idyll unseres Rückzugsortes eindringt.

Jedenfalls scheint die Nacht nicht enden zu wollen, weshalb ich erleichtert bin, als endlich die ersten Sonnenstrahlen durch das Fenster in mein Zimmer scheinen. Ich tippe das Display meines Handys an, um nachzuschauen, wie spät es ist. Ich starre den Bildschirm an. Es ist kurz nach sieben Uhr und ich bin enttäuscht, dass die Vorschau für eingehende Nachrichten leer ist. Mats hat demnach weder versucht, mich anzurufen, noch mir eine Textnachricht geschickt.

»Und wenn schon«, brumme ich frustriert vor mich hin, werfe das Handy neben mir aufs Bett und ziehe mir ein Kissen über den Kopf. Das brennende Gefühl in meinen Augenwinkeln ignoriere ich geflissentlich, denn es verheißt exakt das, was ich zu meiner aktuellen Lebenskrise nicht auch noch wollte: Liebeskummer und Dramen. Bin ich nicht hierhergekommen, um endlich Ruhe und Kraft zu finden? Wollte ich mir nicht darüber klar werden, wie ich meine Zukunft gestalten will? Es wird höchste Zeit, mich endlich nach einem neuen Job umzusehen.

Ich lasse das Kissen im hohen Bogen durch das Zimmer fliegen und rapple mich auf. In meinem Leben finden gerade so viele Veränderungen statt, dass ich die Analyse meiner Gefühle für Mats hintenanstellen muss. Oder doch besser ignorieren? Das mit ihm und mir hätte doch sowieso zu nichts geführt. Was hatten wir denn schon? Drei Tage, an denen wir nicht gestritten haben, und eine Nacht mit verdammt gutem Sex – mehr nicht!

Mit dem eisernen Willen, mich nicht unterkriegen zu lassen, steige ich aus dem Bett und gehe ins Badezimmer.

Ich sehe schrecklich aus. Tiefe Augenringe zeugen von einer unruhigen Nacht und die Traurigkeit in meinem Blick erschreckt mich selbst. Ob ich mir eine Auszeit im Spa gönnen soll? Unbedingt, rät mir meine innere Stimme, auf die ich hören will. Gleich nach dem Frühstück, werde ich mich an der Rezeption nach Angeboten erkundigen.

In der Hoffnung, dass mich gleich ein ebenso

köstlicher Kaffee erwartet, wie den, den ich gestern schon im Hotel getrunken habe, mache ich mich kurze Zeit später auf den Weg – frisch geduscht, mit ein wenig Make-up, das meine Augenringe verdeckt, und einem lockeren Zopf. Trotz meiner bedrückten Stimmung genieße ich es, mich am reichhaltigen Frühstücksbuffet zu bedienen, denn für gewöhnlich fällt meine erste Mahlzeit des Tages eher spartanisch aus.

»Guten Morgen, Inger.«

Überrascht sehe ich auf und blicke in das freundliche Augenpaar von Elina.

»Das ist ja eine Überraschung, dich hier zu sehen. Hatten Mats und du nicht erwähnt, dass ihr unfreiwillige Mitbewohner in Bergmans Ferienhaus seid? Was treibt dich in Niklas' Hotel?«

»Guten Morgen, Elina. Das ist Niklas Hotel?«, frage ich verwundert. Obwohl während der Apfelernte viel getratscht wurde und ich allerhand interessante Geschichten über die Einwohner von Lilaström gehört habe, ist mir diese Information verborgen geblieben. Das Einzige, das ich bisher über Niklas weiß, ist, dass er bis über beide Ohren in Elina verliebt ist.

»Ja.« Ihre Stimme zeugt von Stolz. »Wo hast du Mats gelassen? Bist du vor ihm geflohen oder willst du dir ein ordentliches Frühstück gönnen?« Sie stemmt die Hände in ihre Hüften und lächelt schelmisch. »Wobei Mats nicht gerade der Typ Mann ist, vor dem eine Frau flieht. Dafür ist er viel zu nett und zu attraktiv.«

Und zu gutgläubig, bin ich versucht zu ergänzen, beiße mir aber gerade noch rechtzeitig auf die Zunge. »Wenn man es genau nimmt, bin ich nicht vor ihm, sondern vor seiner Freundin geflohen.«

»Mats hat eine Freundin?« Elina sieht mich entrüstet an. »Aber ich dachte, du und er … Und der große Laubhaufen …«

Ich zähle eins und eins zusammen und gehe davon aus, dass Niklas einer der Helfer war, der Mats bei seinem Vorhaben mit dem Herbstlaub unterstützt hat. »Es ist alles gut, so wie es gekommen ist.« Um meiner Aussage Nachdruck zu verleihen, hebe ich meine Kaffeetasse hoch und proste ihr zu. »Hätte ich früher gewusst, wie gut man hier schläft und wie lecker das Frühstück ist, hätte ich mich nicht tagelang mit Mats um das Ferienhaus gestritten.«

»Ihr habt euch darum gestritten? Ich dachte, dass es nur ein unglücklicher Zufall war, dass ihr beide bei den Bergmans gelandet seid.«

»War es auch. Doch da wir uns schon von früher kannten und uns nicht ausstehen konnten, hat jeder von uns darauf gehofft, der andere würde freiwillig das Ferienhaus verlassen. Dass wir beide dortgeblieben sind, war reiner Protest.«

»Verstehe. Keiner von euch wollte klein beigeben. Und jetzt ist plötzlich seine Freundin aufgetaucht und hat dich vertrieben?«

»Ich bin aus freien Stücken gegangen.«

»So schlimm?«

»Schlimmer!«

»Oje. Na, wenigstens bist du jetzt hier gut aufgehoben.«

»Das bin ich wirklich«, bestätige ich ihr und deute zu den fleißigen Servicekräften, die schmutziges Geschirr wegräumen und das Büffet auffüllen. »Meine letzten beiden Tage in Lillaström werde ich auf jeden Fall genießen.«

»Du reist ab? Wolltest du dir hier nicht eine kleine Auszeit gönnen und bis zum nächsten Wochenende bleiben? Du würdest den *Kanelbullens dag* verpassen und die Neueröffnung des Cafés. Stine wäre sicher enttäuscht. Außerdem steht noch die Wahl des Apfelkönigspaares an.«

»So verlockend es auch klingt, für mich ist es besser, wieder nach Stockholm zurückzufahren.« Meine Worte hallen traurig in meinen Ohren wider, in denen großes Bedauern liegt, und mein Herz zieht sich verräterisch zusammen. Die Zeit in Lillaström hatte etwas ganz Besonderes und ich werde die wunderschöne Landschaft und die schrulligen und lieben Einwohner sicher niemals vergessen. »Aber hey, heute bei der Eröffnung des

Herbstmarktes bin ich auf jeden Fall dabei. Ich würde mir doch niemals das Strohlabyrinth entgehen lassen. Und ich verspreche, ich werde am Sonntag noch beim Apfelfest vorbeischauen, ehe ich fahre.«

»Versprochen?«

»Versprochen.«

Elina legt mir eine Hand auf die Schulter. »Dann sehen wir uns später auf dem Marktplatz. Und jetzt genieß dein Frühstück und lass dich nicht ständig von irgendwelchen Fremden ansprechen.«

»Willst du dich denn nicht zu mir setzen?« Ein bisschen Gesellschaft würde mich von meinen Gedanken ablenken.

»Nichts würde ich lieber machen, aber gleich kommen Lasse und Henrik vorbei. Sie wollen noch ein Interview mit Niklas machen und ich musste ihm versprechen, Händchen zu halten.«

»Dann lass dich mal nicht aufhalten. Viel Spaß beim Interview.«

Ich weiß zwar nicht viel über den Bürgermeister von Lillaström, der immer eine Kamera um den Hals hängen hat, wenn ich ihn sehe, aber die illustren Erzählungen über ihn bei der Apfelernte haben mich bereits eine Meinung über ihn bilden lassen: Redseliges Stadtoberhaupt mit Tendenzen zur Extrovertiertheit und einem Faible für bürokratische Maßregelungen, mit denen er die Einwohner von

Lillaström regelmäßig in den Wahnsinn treibt. »Du musst Niklas wirklich sehr lieben, wenn du dir das freiwillig antust.«

Elina strahlt glücklich. »Das tue ich.«

So sehr ich mich für sie freue, merke ich, wie sich Neid unter meine Freude mischt. Noch so etwas, das mir die Zeit hier immer wieder aufs Neue verdeutlicht: Ich bin schon viel zu lange allein. Zuhause erwarten mich nur eine karge Wohnung, ein paar vertrocknete Pflanzen und vollgepackte Umzugskartons in einer Ecke meines Schlafzimmers.

»Wir sehen uns später.« Sie lässt mich allein am Frühstückstisch zurück, wo ich ernsthaft mit dem Gedanken spiele, doch noch länger zu bleiben. Meinen Aufenthalt in dem kleinen Städtchen von Mats abhängig zu machen, fühlt sich nicht richtig an. Dafür habe ich bereits zu viele nette Kontakte geknüpft. Sollte Mats seinen geplanten Urlaub in Lillaström zu Ende bringen, werde ich ihm schon irgendwie aus dem Weg gehen können.

KAPITEL 23

Mats

Ich bin verzweifelt. Es ist nur eine Bitte, die ich an Frida habe, aber diese ignoriert sie gekonnt. Anstatt Lillaström wieder zu verlassen und mir damit die Zeit zu geben, in Ruhe über alles nachzudenken, mich zu sammeln und meine Gedanken zu sortieren, hat sie mitten in der Nacht darauf bestanden, dass ich ihren Reisekoffer aus dem Auto hole und ins Haus trage. Wäre sie nicht schwanger, hätte ich sie ihn selbst schleppen lassen. Dabei ist er so groß, dass die Vermutung naheliegt, dass sie nach ihrem Strandurlaub noch nicht ausgepackt oder vorhat, länger zu bleiben – was ich unter keinen Umständen zulassen werde.

Doch egal, was ich sage, sie stellt sich stur und konfrontiert mich damit, dass sie mein Kind unter ihrem Herzen trägt.

Ich werde Vater. Oder vielleicht doch nicht? Es wäre immerhin nicht das erste Mal, dass Frida mir etwas vormacht. Aber bei so etwas Wichtigem? So einer lebensverändernden Nachricht? Auf meine Frage hin, in welchem Monat sie ist, hat sie hysterisch geheult und mir unterstellt, ich würde nur fragen, um mich zu vergewissern, dass ein Abbruch noch möglich ist.

Ihre Unterstellung hat mich tief getroffen und aufgewühlt. Niemals würde ich von einer Frau verlangen, mein Kind abzutreiben. Und wenn Frida wirklich ein Kind von mir erwartet, dann werde ich das Baby von ganzem Herzen lieben – ohne Wenn und Aber. Ich werde dafür sorgen, dass es alles hat, was es braucht, und immer für meinen Sohn oder meine Tochter da sein.

Mit einer Tasse aufgebrühten Instantkaffee gehe ich auf die Terrasse und blicke auf den See. Sehnsucht überkommt mich, denn ich sollte hier nicht alleinstehen. Inger sollte hier sein. Hier bei mir. Seltsam, wie sehr ich sie bereits vermisse. Doch ich kann ihr nicht verdenken, dass sie nach Fridas Ankunft und der geplatzten Babybombe heute Nacht das Haus verlassen hat. Zunächst habe ich es gar nicht mitbekommen, erst als Frida auf dem Sofa eingeschlafen ist, bin ich in ihr Zimmer gegangen. Es war leer. Wenigstens weiß ich, dass sie im Hotel untergekommen ist.

Ob ich dorthin fahren soll?

Ich muss unbedingt mit ihr sprechen, aber sie einfach nur anzurufen, erscheint mir nicht richtig.

So etwas bespricht man persönlich.

»Mir ist langweilig. Kann man hier nichts unternehmen?«

Ich mache mir nicht die Mühe, mich zu Frida umzudrehen. Ihr hautenges Kleid hat sie mir heute schon eindrücklich vorgeführt. Ein weiteres Mal zu sehen, wie sie sich in Pose wirft und darauf hofft, ich würde ihr in die Falle tappen, erspare ich mir.

»Du könntest spazieren gehen. Die Landschaft hier ist wunderschön.« Nun drehe ich mich doch zu ihr um. »Du könntest aber auch einfach nach Hause fahren, so wie ich es zu dir gesagt habe.«

»Ich verstehe überhaupt nicht, warum du mich nicht hier haben willst.«

Wenn sie das nicht versteht, weiß ich nicht, ob sie überhaupt über einen Funken Sensibilität verfügt.

»Du könntest dich ruhig ein bisschen mehr darüber freuen, dass ich hier bin und dir so wundervolle Neuigkeiten mitgebracht habe.«

Ich erspare mir eine Antwort, da ich ihr schon heute Morgen bei einer Schüssel Haferflocken erklärt habe, dass ich mir nichts Schöneres vorstellen kann, als Vater zu werden. Vorausgesetzt, meine Vaterschaft ist eindeutig belegbar.

»Und doch wäre es mir nach wie vor lieber, du würdest wieder abreisen.«

»Das tue ich sicher nicht. Die lange Fahrt hierher

war anstrengend. Ich muss mich erst einmal ausruhen.«

Wie gern würde ich sie einfach ins Hotel verfrachten. Zu dumm nur, dass es in Lillaström nur eines gibt und Inger da Unterschlupf gefunden hat. Ich würde ihr niemals zumuten, Frida dort zufällig über den Weg zu laufen.

»Warum legst du dich dann nicht hin und ich gehe kurz einkaufen?«

»Einkaufen?«

Eigentor, Mats, du Idiot.

»Man kann hier einkaufen?«

Ihre Frage lässt mich die Augen verdrehen. War Frida denn schon immer so … so … dumm? »Was glaubst du, wovon die Menschen hier leben? Natürlich gibt es hier einen kleinen Supermarkt.«

»Kein Grund, gleich so pampig zu werden.« Sie dreht auf dem Absatz um und lässt mich beiläufig wissen, dass sie sich rasch Schuhe anzieht und ihr Make-up auffrischt.

Na prima. Auch das noch. Aber vielleicht ergibt sich irgendwie die Chance, mich für ein paar Minuten wegzuschleichen. Wenn Frida erst einmal im Kaufrausch ist, ist sie nicht mehr aufzuhalten. Und ich meine, in der Stadt eine kleine Boutique gesehen zu haben. Alles, was ich will und brauche, ist ein wenig Zeit, um zum Hotel zu fahren und ungestört mit Inger zu reden.

Ich spüre ein unangenehmes Ziehen in meiner Brust und versuche, die Schuldgefühle zu ignorieren, die mich bei der Erinnerung an sie überkommen. Sie wurde von der Situation völlig überrollt – doch mir ging es nicht anders. Viel lieber als Frida die Tür zu öffnen, hätte ich sie die ganze Nacht geliebt … Ein sehnsuchtsvolles Seufzen entfährt mir und ich muss über mich selbst den Kopf schütteln. Wann hat Inger es eigentlich geschafft, mich so zu verzaubern?

»Ich bin fertig. Wir können los.«

Beim Blick auf die mörderisch hohen und schmalen Absätze ihrer Stiefeletten verkneife ich mir einen Kommentar. Zugleich bin ich verwundert darüber. Früher wäre ich nie auf die Idee gekommen, irgendetwas gegen ihren aufreizenden Kleidungsstil zu sagen. Heute weiß ich, dass mir andere Dinge gefallen. Verwaschene Jeans, blaue Daunenwesten und einfache weiße Tops zum Beispiel. Vor meinem inneren Auge zeichnet sich ein Bild von Inger, das mich Lächeln lässt.

»Wo bleibst du denn?«

Frida ist bereits vorausgegangen. Als ich die Haustür hinter mir ins Schloss ziehe, hat sie schon die Wagentür geöffnet.

»Igitt, wie sieht es denn hier drin aus? Was ist das für ein Müll?«

Müll? Ich gehe zum Wagen und blicke auf zahlreiche bunte Papierschnipsel. »Das ist nur Konfetti. Du kannst dich beruhigt reinsetzen, es beißt nicht.«

»Wann bist du zum Messi mutiert?«

Und wieder erspare ich mir eine Antwort. Entweder sie setzt sich in den Wagen, oder sie bleibt hier. Ich lasse mich auf den Sitz fallen und genieße es, wie die aufgewirbelten Konfetti durch die Luft fliegen. Wer hätte gedacht, dass ich meinen Streich für Inger am Ende selbst ausbaden darf?

Während der kurzen Fahrt nach Lillaström bleibt es ruhig im Wagen. Ich habe Frida nichts zu sagen und Frida bevorzugt die Kommunikation mit ihren Followern auf irgendeinem Social-Media-Kanal.

Am Marktplatz herrscht wieder einmal reges Treiben. Zahlreiche Helfer sind zugange. Letzte Kabel werden verlegt und die Bühne wird mit feierlichen Girlanden verziert.

»Was ist das hier?«

»Heute beginnt der traditionelle Herbstmarkt in Lillaström.«

»Ein Markt?«

Der abfällige Ton in ihrer Stimme zeigt mir, dass ein Besuch in Mikas Club ihr sicher lieber wäre. »Du musst ja nicht hingehen.«

Ich parke den Wagen in der Nähe des Marktplatzes und sehe mich um. Mein Herz überschlägt sich beinahe, als ich völlig unverhofft Inger entdecke, die den Supermarkt betritt.

»Was hältst du davon, ein wenig zu bummeln?« Einladend deute ich in die gegenüberliegende Richtung des Supermarktes, wo sich glücklicherweise die Boutique befindet. »Vielleicht findest du da ja etwas Nettes anzuziehen. Ich gehe solange in den Supermarkt und kaufe ein. Wir brauchen dringend Toilettenpapier und Kloreiniger.« Um Frida loszuwerden, braucht es nicht mehr, als ein paar Hygieneprodukte, die zu kaufen ihr zu peinlich sind.

»Das hört sich gut an. Wenn sie Smoothies haben, bring mir bitte einen mit. Aber ausschließlich Bio.«

Ich nicke und steige aus dem Wagen aus, was mir Frida gleichtut.

Mit gerümpfter Nase deutet sie zur Boutique. »Sieht schon ein bisschen ländlich aus.«

»Du wirst schon etwas finden.«

Als sie sich endlich in Bewegung setzt, eile ich zum Supermarkt, wo mich die Ladenglocke beim Aufreißen der Tür begrüßt. Inger ist wie immer leicht zu finden, denn sie steht mit einer Tasse Kaffee in der Hand am Obstregal und unterhält sich mit Jule. Eine Deutsche, die wir während der Apfelernte kennengelernt haben, die der Liebe wegen mit ihrer kleinen Tochter nach Lillaström gezogen ist.

»*Hej*, ihr zwei. Entschuldigt bitte, dass ich störe.

Inger, kann ich bitte mit dir reden?«

Als Inger meine Stimme hört, zuckt sie heftig zusammen, beinahe so, als hätte sie Angst vor mir. »Kann das nicht warten? Jule hat sich eben erst einen Kaffee eingeschenkt.«

»Der grauenhaft schmeckt und auf den ich gern verzichten kann«, lässt uns Jule wissen. Sie drückt mir ihre Tasse in die Hand. »Aber natürlich nicht auf unseren kleinen Plausch. Den holen wir heute Abend nach, Inger. Du kommst doch?«

Inger nickt. »Ich freue mich drauf.«

»Tut mir leid. Ich wollte dich nicht vertreiben«, entschuldige ich mich bei Jule.

»Ach, das ist schon okay. Ich muss eh Lara bei ihrer Freundin abholen. Machts gut, ihr zwei. Bis heute Abend.« Sie greift ihren Einkaufskorb und geht weiter zur Kasse, wo Alma bereits auf sie wartet.

»Hey«, begrüße ich Inger ein weiteres Mal. »Wie geht es dir?«

»Mats, bitte. Nicht jetzt.«

»Aber ich …« Ich brauche nicht weiterzusprechen, denn Inger hat ihre Kaffeetasse abgestellt und mich einfach stehengelassen. Sie folgt Jule zur Kasse und lässt mich in meinem Gefühlschaos zurück. Noch kann ich nicht deuten, ob ich schockiert, enttäuscht, traurig oder wütend bin, so abgekanzelt zu werden. Doch ich weiß, ich sollte nicht voreilig oder gar impulsiv reagieren. Deshalb lasse ich sie gehen, mit der festen Absicht, bei der Eröffnungsfeier am Abend die nächste Gelegenheit zu suchen, mit ihr zu sprechen.

Ich will mich bei ihr entschuldigen.

Ich will ihr sagen, dass ich keine Ahnung von Fridas Plänen hatte.

Sie soll wissen, dass meine Ex weiß, dass ich sie nicht zurückhaben will, ich aber selbstverständlich die Verantwortung für das Kind übernehme, wenn es denn von mir ist.

Ich will sie bitten, dass sie uns die Chance für ein klärendes Gespräch gibt.

Zu gern möchte ich sie wieder küssen und in meinen Armen halten.

Das zwischen uns soll nicht enden, noch ehe es begonnen hat.

Himmel, habe ich mich womöglich in Inger Sadlow verliebt?

KAPITEL 24
Inger

Ich muss herzhaft lachen, denn unter den Herbstmarktbesuchern bricht tosender Applaus aus, als Ebba auf die Bühne stürmt, dem Bürgermeister das Mikrofon wegnimmt und seine nicht enden wollende Ansprache endlich stoppt. Stattdessen bringt sie es mit zwei knappen Sätzen auf den Punkt und eröffnet den Herbstmarkt von Lillaström.

»Noch eine Minute länger und ich hätte ihn in Handschellen abgeführt.« Jan setzt ein eindeutiges Statement, woraufhin erheitertes Gelächter neben mir ausbricht. Lovisa – Elinas Schwester – hat mir Jan bei der Apfelernte als ihren Freund und den Gesetzeshüter in Lillaström vorgestellt. Inzwischen ist mir auch klar, dass nicht nur Niklas Mats bei der Herbstlaub-Aktion unterstützt hat. Jans Andeutungen waren viel zu eindeutig, als dass ich ihn nicht als weiteren Komplizen ausmachen konnte.

Jetzt stehe ich mitten in einer illustren Runde von Menschen, die ich kaum kenne und die mir dennoch sehr vertraut sind.

»Wie sieht es aus, wollt ihr noch ein Glas Apfelwein? Die nächste Runde geht auf mich.«

Niklas hat kaum ausgesprochen, da nimmt Elina mir mein Glas aus der Hand. Der Apfelwein schmeckt einfach köstlich, dennoch lehne ich bedauernd ab. »Für mich bitte nicht mehr. Ich muss noch fahren und der Apfelwein hat es wirklich in sich.«

»Keine Sorge, wir müssen ja auch noch irgendwie zum Hotel zurückkommen. Niklas hat Ulv gebeten, uns später abzuholen. Wir nehmen dich einfach mit.«

»Wenn das so ist, dann gern.« Ich habe zwar keine Ahnung, wer Ulv ist, aber es muss eine Fügung des Schicksals gewesen sein, dass mich meine Flucht aus dem Ferienhaus direkt in die Arme dieser wundervollen Menschen getrieben hat, die mich so herzlich in ihrem Kreis aufgenommen haben. Seit ich am Markt angekommen bin, lerne ich ständig neue Menschen kennen, die mir offen und freundlich begegnen. Zudem freue ich mich, auch die anderen Erntehelfer noch einmal wiederzusehen. Zugegeben, ich kann mir nicht alle Namen merken, aber die lachenden Gesichter werde ich sicher nicht so schnell wieder vergessen.

»Achtung, es geht weiter.« Elina deutet zur Bühne, wo nun auch das große *Äppelmarknaden* unter begeistertem Beifall enthüllt wird. Die Helfer haben tolle Arbeit geleistet. Sie haben aus Hunderten von verschieden farbigen Äpfeln ein Bild gesteckt, das einen Apfelhain zeigt und zahlreiche Helfer bei der Ernte.

Der Duft von frisch gebratenen Pilzen kitzelt meine Nase. Mein Magen knurrt bereits sehnsüchtig, denn ich habe seit dem Frühstück nichts mehr gegessen. Suchend schaue ich mich um, woher der köstliche Geruch kommt, und verpasse dabei leider den Grund, der die Marktbesucher in erheitertes Gelächter einstimmen lässt. »Habe ich etwas verpasst?«

Lovisa deutet mit einem hämischen Grinsen auf das seltsame Pappmaché neben der Bühne, das mich irgendwie an einen Esel mit Fernsehantennen auf dem Kopf erinnert.

»Kristoffer hat einen Apfel nach Lasses Riesen-Chinchilla geworfen. Der steckt jetzt in seinem Maul.«

»Ach, das soll ein Chinchilla sein? Ich dachte, es wäre ein Esel.«

Jan lässt uns wissen, dass die Figur laut Lasse ein Elch sein soll, woraufhin Lovisa und ich den Kopf neigen und das Gebilde ein weiteres Mal betrachten.

»Tut mir leid. Es sieht immer noch aus wie ein Esel.« Wieder wittert meine Nase diesen köstlichen

Geruch und vergessen ist das Rätselraten um das hässliche Etwas an der Bühne. Erneut sehe ich mich um. Woher kommt nur dieser herrliche Geruch?

Lovisa sieht mich fragend an. »Wonach suchst du?«

Elina lacht und stößt mich leicht an. »Oder sollte die Frage eher lauten, nach wem?«

Super. Die letzten fünfzehn Minuten habe ich es erfolgreich geschafft, nicht an Mats zu denken. Und schwupps, schon ist er wieder in meinem Kopf.

»Sorry, ich konnte nicht widerstehen«, entschuldigt sich Elina sofort, als sie meinen zerknirschten Gesichtsausdruck sieht.

»Mach dir keinen Kopf. Verrate mir lieber, von wo dieser herrliche Duft kommt?« Ich erinnere mich wieder daran, dass Agi mir von der Pilzpfanne vorgeschwärmt hat.

Mein Blick folgt Elinas ausgestrecktem Arm. Sie deutet auf eine kleine Holzhütte, auf deren Dach ein riesiger, bemalter Pilz aus Holz thront.

»Dort gibt es die besten Pilzgerichte der ganzen Gegend.«

»Ich wusste doch, dass auf meine Nase verlass ist.« Fragend schaue ich zu Elina, Niklas, Lovisa und Jan. »Soll ich jemandem etwas mitbringen?«

»Ich komme mit«, bietet sich Lovisa an. »Ich will auch welche haben.«

Da die anderen dankend ablehnen, gehen Lovisa und ich allein. Inzwischen hat eine Band zu spielen begonnen, was einige Besucher auf das Tanzparkett zieht.

Je näher wir der Hütte kommen, umso intensiver nehme ich den Geruch wahr. Keine Ahnung, wann ich zuletzt Pilze gegessen habe. Mir läuft das Wasser im Mund zusammen und ich reihe mich in die Schlange vor dem Pilzhäuschen ein.

»Wo hast du eigentlich Mats gelassen? Ich habe Elina zwar schon gefragt, aber sie meinte, ich solle dich selbst fragen. Hattet ihr Streit? Wenn ich es richtig mitbekommen habe, übernachtest du im Hotel?«

Ich beschließe, es kurz und schmerzlos zu machen. »Seine Freundin ist gekommen und ich wollte ihnen ihre Privatsphäre lassen.«

»Moment mal, Mats hat eine Freundin?« Lovisa klingt überrascht.

Das ist zwar nur die halbe Wahrheit, doch für den Moment belasse ich es dabei, um nicht noch weitere Fragen beantworten zu müssen.

»Aber ich dachte, du und Mats … Und der große Laubhaufen …«

»Nein, wirklich nicht.« Ich winke ab. Allerdings scheint Mats' Aktion wohl für mehr Aufsehen gesorgt zu haben, als mir bisher bewusst war. »Im Grunde genommen können wir uns nicht leiden.

Ein Wunder also, dass wir uns nicht die Köpfe eingeschlagen haben.« Ein Themenwechsel ist jetzt genau das Richtige. »Wann wird eigentlich der Film gezeigt, den euer Bürgermeister in Auftrag gegeben hat?«

»Irgendwann nach dem Herbstmarkt, soweit ich weiß. Den genauen Termin kenne ich leider noch nicht. Aber da wirst du vermutlich nicht mehr hier sein?«

Ich schüttle den Kopf.

»Schade.« Lovisa hakt sich bei mir unter. »Dann sollten wir die Zeit, die du noch in Lillaström verbringst, unvergesslich für dich machen.«

Da kann ich ihr nur zustimmen. Ablenkung ist genau das, was ich jetzt brauche. »Ich bin dab…« Das letzte Wort bleibt mir im Hals stecken, denn ich entdecke Mats, der gemeinsam mit Frida durch den festlich geschmückten Torbogen am Eingang des Herbstmarktes tritt.

»Ist das Frida Jensen bei Mats?«

Es war klar, dass irgendjemand sie erkennen würde. »Ja, das ist sie.«

»Moment mal, Frida Jensen ist Mats' Freundin?«

»Freundin, Ex-Freundin, wieder Freundin, wieder Ex-Freundin …« Den Status werdende Mutter erspare ich mir.

»Ich hätte ihm ehrlich gesagt mehr Geschmack zugetraut.«

Wow. Ich schaue Lovisa ungläubig an und muss schmunzeln. »Sie ist wohl nicht dein Typ.«

»So bedrückt wie Mats aus der Wäsche schaut, muss man sich ernsthaft fragen, ob sie *sein* Typ ist. Er macht ein Gesicht wie sieben Tage Regenwetter.«

»Der Nächste bitte.«

Endlich. Wir sind an der Reihe und ich bin erleichtert, dass unser Gespräch über Mats so ein abruptes Ende findet. »Zwei Pilzpfännchen, bitte.«

Nachdem ich mein köstliches Abendessen verspeist habe und Jan es sich nicht nehmen ließ, ebenfalls eine Runde Apfelwein zu spendieren, schlendere ich über den Markt und sehe mir die verschiedenen Stände an. Da ich Mats dabei tunlichst aus dem Weg gehen will, renne ich in Joris' Arme, der mich zu einem Tanz überredet. Wider Erwarten habe ich sehr viel Spaß mit ihm, doch da die Liste an potenziellen weiteren Tanzpartnerinnen groß ist, beenden wir schon nach dem ersten Lied unsere Tanzeinlage.

Allmählich nähere ich mich meinem eigentlichen Ziel: dem Strohlabyrinth. Die Attraktion, auf die ich mich von Beginn an am meisten gefreut habe. Es ist so groß, dass es am anderen Ende des Marktes direkt hinter der herbstlich dekorierten Bühne und dem wunderschönen *Äppelmarknaden* aufgebaut werden musste.

Gerade als ich am Zelt der Wahrsagerin vorbeikomme, stolpert mir Jule lachend in die Arme.

»Inger, willst du dir auch aus der Hand lesen lassen?« Sie deutet auf das Schild über dem Eingang, das einen Blick in die Zukunft verspricht.

»Ähm, ist nicht so mein Ding«, gebe ich ehrlich zu.

»Ich denke, es ist eher ungefährlich, wobei Bedelia völlig richtig liegt, wenn sie mir prophezeit, dass ich für die lustigen Stunden heute Abend morgen büßen werde.« Sie lehnt sich verschwörerisch zu mir herüber. »Ich habe schon zwei Gläser Apfelwein getrunken und es werden nicht meine letzten sein. Komm, gib dir nen Ruck.«

Da ich die Vorhersagen der ominösen Wahrsagerin Bedelia als unbedenklich einstufe, mache ich den Spaß mit und betrete kurz darauf das Zelt.

»*Hej,*« grüße ich die ältere Dame, die ich auf Anfang siebzig schätze. Ihre Erscheinung hat etwas Mystisches und die frisch gefärbten roten Strähnen in ihren wild-lockigen, grauen Haaren lenken von den Falten in ihrem Gesicht ab. Genau so stelle ich mir die Hexe in einem Märchen vor. Ich bin mir nur noch nicht sicher, ob sie gut oder böse ist.

»Nimm Platz, meine Liebe.«

Ich setze mich auf den Stuhl ihr gegenüber und sehe mich um. Neben Kräutertees und Traumfängern bietet sie auch Duftkerzen und Räucherstäbchen zum Verkauf an, was zu einem wilden Mix an Duftnoten in meiner Nase führt.

»Bist du bereit für einen Blick in deine Zukunft?«

Die Theatralik in ihrer Stimme hat etwas Erfrischendes – sie ist ganz in ihrer Rolle.

»Eigentlich nicht, aber da ich schon einmal hier bin …«

»Ich sehe schon, du bist noch nicht so weit.« Bedelia greift nach meiner Hand und hält sie fest. Sie fühlt sich rau und warm an. »Dann lass mich dir wenigstens einen Ratschlag geben.«

Unsicher nicke ich. Die Frau ist ganz schön unheimlich.

»Egal, wie viele Irrwege du einschlägst, am Ende wirst du an deinem Ziel ankommen.«

Okay, das wars? Ich stelle mir gerade vor, wie sie vor einer Packung Glückskekse sitzt und einen nach dem anderen öffnet, um die klugen Sprüche auswendig zu lernen. »D-Das war sehr aufschlussreich, vielen Dank.«

»Sehr gern. Komm wieder, wenn du für mehr bereit bist.«

Ich drücke ihre Hand zum Abschied. »Das werde ich tun.«

»Ich weiß«, antwortet sie mir so selbstsicher, dass ich eine Gänsehaut bekomme.

»Was bin ich dir schuldig?«

»Meine Ratschläge kommen von Herzen und kosten nichts.«

Erneut bedanke ich mich und sehe zu, dass ich so schnell wie möglich hier rauskomme, bevor sie mich noch verzaubert oder so etwas in der Art.

Ich trete aus dem Zelt und renne direkt in die nächste unangenehme Situation: Mats. Ich spüre seine warmen Hände auf meinen Armen, rieche den herben Duft seines Rasierwassers und sehe in traurige braune Augen.

»Sorry, ich wollte dich nicht anrempeln.«

»Schon gut. Ich habe gesehen, dass du reingegangen bist, und habe auf dich gewartet.«

»Warum?«, frage ich ihn erwartungsvoll.

»Weil ich unbedingt mit dir reden und dir ein paar Dinge erklären will.«

Er sieht wirklich verzweifelt aus, weshalb ich ihm die Chance auf ein Gespräch gebe. Aber nicht hier. Nicht im Trubel des Marktes. »Vielleicht sollten wir …«

»Hier bist du ja. Ich suche dich schon überall.«

Fridas Stimme lässt uns erschrocken auseinanderfahren. Als wären wir auf frischer Tat ertappt worden, weichen wir beide einen Schritt zurück.

»Und da ist ja auch Inger.« Frida mustert mich wieder einmal abschätzig. »Hast dich ja richtig rausgeputzt heute.«

Da ich nur Jeans mit Boots und einen dicken

Pullover mit Daunenweste trage, weiß ich, dass sie mich mit ihrem Kommentar treffen will. Und verdammt nochmal, sie hat es geschafft. Ich bin nun mal kein Model und gehe auch nicht im Designer Kurzmantel, unter dem sich ein Minikleid verbergen muss, und in elf Zentimeter hohen Absätzen auf einen Herbstmarkt. Doch auch ich kann austeilen.

»Frida, du bist ja immer noch hier. Scheint, als ob du Lillaström und das Landleben, in der Anonymität großgeschrieben wird, ins Herz geschlossen hast. Oder bist du in der Großstadt einfach nicht mehr gefragt?«

»Wenn es Mats in diesem Kaff gefällt, dann werde ich es hier auch ein paar Tage aushalten.« Sie deutet zum Strohlabyrinth und hakt sich mit dem anderen Arm bei Mats unter. »Wollen wir noch ein bisschen verstecken spielen? Ich habe da so eine Idee, wie der Verlierer den Gewinner verwöhnen könnte.«

»Hör auf, Frida«, zischt Mats genervt.

Allein die Vorstellung, er könnte mit Frida die gleichen Dinge tun, die er vor gerade mal vierundzwanzig Stunden mit mir gemacht hat, lässt Übelkeit in mir aufsteigen. »Dann lasst euch besser nicht aufhalten«, presse ich hervor.

»Inger.« Mit einer Mischung aus Verzweiflung, Enttäuschung, Wut und Unverständnis sieht Mats mich an. Doch was genau erwartet er von mir? Soll ich die Krallen ausfahren und mich gegen eine schwangere Frau stellen? Sicher nicht.

Der Marktplatz fühlt sich plötzlich nicht mehr groß genug an und ich entscheide mich für den Rückzug. »Habt noch einen schönen Abend.«

Schon nach wenigen Schritten spüre ich Mats' Hand an meinem Oberarm. Er sieht mich nur schweigend an. Ich löse mich aus seinem Griff und da er noch immer nichts sagt, übernehme ich das Reden. »Es ist alles gut. Du brauchst mir nichts zu erklären.«

Mein zweiter Fluchtversuch glückt. Mats folgt mir dieses Mal nicht, und das ist auch gut so – auch wenn mein Herz mich Lüge straft. Ich wische mir die Tränen aus den Augenwinkeln und erkläre meinen Marktbesuch für heute als beendet, als ich auf Niklas treffe.

»Wohin des Weges, liebe Inger?«

»Ins Hotel«, antworte ich ihm kleinlaut. »Ich habe genug für heute.«

»Unsere Polizeibeamten vergnügen sich selbst auf dem Fest, aber du kannst nicht mehr fahren.«

»Ich werde laufen.«

Niklas zieht die Augenbrauen nach oben und sieht mich entgeistert an. »Unter keinen Umständen lasse ich dich um diese Uhrzeit allein zum Hotel laufen. Vorschlag: Wir trinken noch einen letzten Absacker und gehen dann gemeinsam.«

»Ihr müsst doch nicht wegen mir jetzt schon zum Hotel zurück.«

»Elina trinkt bereits das vierte Glas Apfelwein. Glaub mir, morgen früh werden sie und ihr Brummschädel es uns danken. Also, wie hört sich das an?«

»Das hört sich nach einem guten Plan an.«

KAPITEL 25

Inger

Wie war das noch gleich mit dem Brummschädel? Hätte nicht Elina heute von Kopfschmerzen gequält aufwachen sollen? Stattdessen bin ich diejenige, die kaum blinzeln kann und sich für den Moment einzig und allein eine Aspirin wünscht.

Notgedrungen quäle ich mich aus dem Bett und gehe ins Badezimmer, wo ich in meiner kleinen Reiseapotheke krame. Ich gieße mir Wasser in das saubere Glas ein, das neben der quadratischen Box mit den Kosmetiktüchern steht, lege mir eine Kopfschmerztablette auf die Zunge und spüle sie mit einem kräftigen Schluck hinunter.

Der Blick in den Spiegel verrät mir, dass ich es gestern Abend mit dem Abschminken nicht mehr so genau genommen habe. Unter meinem rechten Auge hat die Mascara einen hässlichen schwarzen Fleck hinterlassen und auf meiner Stirn glänzen noch Make-up-Reste.

Mein Telefon klingelt und ich zucke erschrocken

zusammen. Hätte ich es unter normalen Umständen genossen, die eingängige Titelmelodie von *Pippi Langstrumpf* zu hören, dröhnt sie dieses Mal schmerzhaft in meinen Ohren und mein Kopf droht zu explodieren. Wer ruft mich denn an einem Samstagmorgen in aller Herrgottsfrühe an? Sicher ist es Agi, die sich noch bei mir melden möchte, ehe sie ihren Laden öffnet. Es ist schon ein paar Tage her, seit wir zuletzt miteinander gesprochen haben.

Ich gehe zurück ins Zimmer und nehme mein Handy vom Regalbrett, das neben dem Bett angebracht ist. »Du hättest ruhig noch eine Weile warten können, ehe du mich an diesem frühen Morgen aus dem Bett klingelst.«

»Wie bitte?«, fragt eine Männerstimme am anderen Ende der Leitung.

»Hä? Wer ist da?«

»Jerik Olsson.«

Vor Schreck fällt mir beinahe das Telefon aus der Hand. »Jerik? W-Was … Was willst du?«

»Ich will dich zurück.«

»Ha.« Ein guter, und dem pochenden Schmerz hinter meinen Schläfen nach zu urteilen, zugleich schmerzhafter Witz.

»Ich mache es kurz, Inger. Gunnar hat nicht eine Woche durchgehalten.«

»Hat er gekündigt oder wurde er entlassen?«

»Ich formuliere es einmal so, ich kann mit Stümpern nicht arbeiten, die nur Geld verprassen und nicht abliefern. Deshalb will ich dir ein Angebot machen und hoffe, du ziehst es in Betracht.«

Die überraschende Ankündigung verschafft mir einen Adrenalinkick und ich bin mir sicher, mein Herz schlagen zu hören. So ruhig, sachlich und beinahe freundlich habe ich Olsson noch nie erlebt. »Ich bin gespannt.«

»Du ziehst deine Kündigung zurück und erhältst neben der Beförderung auch eine Gehaltsanpassung um fünfundzwanzig Prozent.«

Im Ernst? Jerik Olsson bittet mich, wieder zurückzukommen, und bietet mir neben einer Gehaltserhöhung endlich die Beförderung an? Obwohl ich noch vor Kurzem keinen Augenblick gezögert hätte, zuzusagen, lehren mich die letzten Tage etwas anderes.

»Wie lautet deine Antwort, Inger?«

»So verlockend dein Angebot auch klingt, Jerik, ich muss dich um Bedenkzeit bitten.«

»Ich werde nicht ewig auf dich warten.« Sein Tonfall verändert sich, was ein untrügliches Zeichen dafür ist, dass er diese Antwort nicht hören wollte. »Wenn du die neue Stelle willst, kann ich dir nur empfehlen, am Montagmorgen im Büro zu sein. Anderenfalls sehe ich mich gezwungen, mein Angebot zurückzuziehen.«

War ja klar, dass er mich unter Druck setzt.

Während ich noch darüber nachdenke, was ich ihm daraufhin antworten soll, bemerke ich, dass er das Telefonat beendet hat.

»Charmant wie eh und je.« Ich funkle das Display an und stelle mir vor, mein böser Blick würde ihn treffen.

Während ich mich einerseits unglaublich darüber freue, dass ich mit meiner Einschätzung über Gunnar Recht behalten habe, fühle ich mich andererseits zerrissen. Wäre es eine gute Entscheidung, wieder zu Jerik zurückzukehren? Ich hätte auf jeden Fall einen Job und dazu die Beförderung inklusive Gehaltserhöhung. Andererseits: Würde ich auch weiterhin dieses Arbeitspensum schaffen?

Meine Kopfschmerzen lassen mich keinen klaren Gedanken fassen. Daher entscheide ich mich, wieder ins Bett zurückzukriechen und mir die Decke über den Kopf zu ziehen.

Einen erholsamen Schlaf und eine weitere Kopfschmerztablette später, geht es mir endlich besser. Das Frühstück im Hotel habe ich verpasst. Dafür genehmige ich mir ein köstliches Mittagessen und zwei Spa-Behandlungen im Wellnessbereich, die mich davon ablenken, dass ich eine tiefgreifende Entscheidung zu fällen habe. Als ich wieder auf mein Zimmer zurückkehre, ist es bereits später Nachmittag und ich mache mich fertig für einen weiteren Ausflug zum Herbstmarkt.

In der Hoffnung, Frida und Mats nicht ein weiteres Mal über den Weg zu laufen, ziehe ich mir bequeme Sneaker an und mache mich zu Fuß auf nach Lillaström. Mein Mini parkt noch immer vor dem Rathaus. Außerdem tut mir ein bisschen frische Luft gut, um einen klaren Kopf zu bekommen und mir Gedanken über meine weitere berufliche Laufbahn zu machen. Während ich auf halber Strecke in die Stadt noch unentschlossen bin, das Angebot anzunehmen, reift der Entschluss, mich Jerik Olsson zu beweisen, je näher ich Lillaström komme.

Ich erreiche den Marktplatz und bewundere erneut den festlich verzierten Torbogen, der zum Herbstmarkt einlädt. Lillaström wirkt auf mich plötzlich zu schön, um wahr zu sein. Die Erinnerung an die letzte Woche lässt mich schmunzeln, denn obwohl zuerst nicht alles nach Plan lief, habe ich die Zeit hier wirklich genossen. Im Nachhinein betrachtet, ist es schon verrückt, dass mich mein Aufenthalt ausgerechnet Mats nähergebracht hat. Nach den anfänglichen Reibereien zwischen uns hat er sich mir von einer anderen Seite gezeigt, die mich wie magisch angezogen hat. Die Tatsache, dass wir Sex hatten, bereue ich in keiner Weise, denn er war fantastisch. Er war sogar so gut, dass ich darauf gehofft habe, wir könnten das, was wir in Lillaström begonnen haben, in Stockholm fortsetzen. Aber wie kann ich mit einem Mann zusammen sein, dessen Ex-Freundin noch immer so viel Einfluss auf ihn ausübt? Mehr noch, sie erwartet ein Kind von ihm – behauptet sie jedenfalls. Mats hat demnach andere Probleme, um die er sich kümmern muss.

Es herrscht bereits rege Betriebsamkeit. Der Herbstmarkt zieht auch viele Besucher aus dem Umland an, was kaum verwunderlich ist, bei all den tollen Verkaufsständen und den leckeren Köstlichkeiten, die angeboten werden.

Während ich erneut über den Platz schlendere, und mir die Auslagen genauer ansehe, treffe ich auf viele bekannte Gesichter. Nette Lillaströmer, die ich in den letzten Tagen kennengelernt habe.

»Du siehst ziemlich gut aus, für jemanden, der gestern so ausgiebig den Apfelwein verkostet hat.«

Ich drehe mich um und entdecke Ebba, die grinsend ein Stück Apfel-Flan in ihrem Mund verschwinden lässt.

Verlegen halte ich mir die Augen zu. Ich habe gestern wirklich zu viel getrunken. »War ich sehr schlimm? Soweit ich weiß, bin ich weder ausfällig geworden noch habe ich peinliche Details aus meinem Leben preisgegeben.«

Ebba schluckt und tupft sich ihre Mundwinkel mit der Serviette ab. »Du warst mit Abstand die süßeste Betrunkene am gestrigen Abend. Nicht einmal Elina konnte mit dir und deinem anhaltenden Schluckauf mithalten.«

Ihr Grinsen verwandelt sich in ein Lachen, als sie meinen gequälten Gesichtsausdruck sieht. »Nein, im Ernst, mach dir keine Sorgen, Inger«, beruhigt sie mich. »All deine Geheimnisse sind bei uns sicher.«

Ich stimme in ihr Lachen mit ein, denn ich weiß, dass es nur ein Scherz war und sie mich aufziehen will.

»Elina hat mir erzählt, dass du nicht mehr bei den Bergmans wohnst, sondern ins Hotel gezogen bist? Ist alles okay zwischen dir und Mats? Ich habe ihn gestern mit dieser anderen Frau gesehen.«

Augenblicklich trübt sich meine Stimmung. »Das mit Mats und mir war ja nur eine kleine Fehde wegen des Hauses. Keiner wollte freiwillig das Feld räumen. Aber da jetzt seine Freundin gekommen ist, da …«

»Sie ist seine Freundin?« Sie hebt beschwichtigend die Hände. »Entschuldige, ich wollte dir nicht ins Wort fallen, aber ich dachte, Mats wäre Single. Und du auch? Das Knistern zwischen euch beiden war jedenfalls überdeutlich zu spüren.«

Hitze schießt mir in die Wangen, als ob ich auf frischer Tat bei etwas Verbotenem ertappt worden wäre. »Ähm, wollen wir über ein anderes Thema sprechen?«

Ebba versteht meinen Hinweis sofort. »Natürlich. Verrate mir, was du heute noch vorhast.«

»Ich bin auf dem Weg zum Strohlabyrinth. Gestern hatte ich leider keine Gelegenheit dazu, durch den Irrgarten zu streifen, und ich möchte das Abenteuer wenigstens einmal wagen, bevor ich abreise.«

»Du reist ab? Aber ich dachte, du bleibst noch eine weitere Woche hier?«

»Meine Pläne haben sich leider kurzfristig geändert.«

»Ist es wegen Mats?« Sie hält inne und hebt ein weiteres Mal entschuldigend die Hände. »Sorry, geht mich nichts an.«

Mir wird schwer ums Herz. Die Vorstellung, dass Mats mit Frida in Lillaström bleibt, schmerzt mich mehr, als ich mir bisher einzugestehen bereit war.

»Nein, es geht um meinen Job«, wiegle ich ab.

»Wann fährst du denn zurück?«

»Morgen.«

»Wie schade, dann verpasst du ja den *Kanelbullen dag* und die Neueröffnung des Cafés. Außerdem krönen wir am nächsten Wochenende noch das Apfelkönigspaar.«

»Du kannst mir ja schreiben und mich auf dem Laufenden halten, damit ich weiß, wer die gekrönten Häupter sind.«

»Klar mache ich das.« Ebba zieht ihr Handy aus der Gesäßtasche. »Gibst du mir deine Nummer?«

Ich sage meine Handynummer auf und sehe dabei zu, wie ihre Finger über das Display fliegen. »Schreibst du mir eine Nachricht, damit ich deine Nummer dann auch habe?«

»Besser.«

»Besser?« Während ich mich noch frage, wie sie das meint, ertönt aus meiner Handtasche in voller Lautstärke erneut die Titelmelodie von *Pippi Langstrumpf*. Also wirklich, ich sollte das schleunigst wieder umstellen, denn die Marktbesucher starren mich an. Zunächst irritiert, dann schmunzelnd. Ein Mann nickt sogar im Takt der Musik mit dem Kopf.

»Wusste ich doch, dass in einer Inger auch jede Menge Pippi stecken muss. Das erklärt so manches.«

Es liegt mir fern, Ebba zu berichtigen, deshalb stimme ich in ihr Lachen mit ein.

KAPITEL 26

Mats

Mein Herz setzt einen Schlag aus. Ich sehe mich suchend um und glaube, Inger ein paar Meter entfernt von mir zu entdecken. Es muss Inger sein, denn wie groß ist schon die Wahrscheinlichkeit, dass sich eine weitere Person für die Melodie der frechen Piratentochter als Klingelton entschieden hat?

Endlich kann ich mit ihr sprechen, ohne von Frida unterbrochen zu werden. Wenn mir die Situation gestern Abend auf dem Markt eines deutlich gezeigt hat, dann, dass meine Episode mit Frida endgültig vorbei ist. Besser noch, ich kann zwischenzeitlich überhaupt nicht mehr verstehen, wie mich diese Frau je für sich gewinnen konnte. Sie ist wunderschön – ohne Zweifel. Aber auch manipulativ, egoistisch und uneinsichtig.

Die letzten beiden Jahre, in denen ich mich wegen ihr in Selbstmitleid gesuhlt habe, fühlen sich wie verlorene Zeit an. Alles, was ich getan habe, jedes Event, das ich besucht habe, jedes Zugeständnis, das ich gemacht habe – alles war nur für sie. Und was hat sie für mich gemacht? Nichts.

Ich beschwere mich nicht, denn ich Idiot habe es selbst so weit kommen lassen, auch wenn ich heute nicht mehr nachvollziehen kann, warum. Kann man so blind vor Liebe sein? Anscheinend.

Mit Inger ist das anders. Und genau deshalb hoffe ich, dass das zwischen uns nicht schon vorbei ist, ehe es begonnen hat. Um ihr zu beweisen, wie wichtig es mir ist, habe ich gestern Abend mit Frida gesprochen und ihr klar gemacht, dass ich nicht bereit bin, ihr eine weitere Chance zu geben. Daran kann auch die Schwangerschaft nichts ändern.

Nach einer gefühlten Unendlichkeit an Diskussionen, die mich all meine Kraft und Energie gekostet haben, hat sie endlich zugestimmt, wieder nach Stockholm zurückzufahren. Erst danach hatte ich das Gefühl, endlich wieder atmen zu können. Wenngleich ich mich müde und erschöpft fühle. Direkt nach Fridas Abfahrt am späten Vormittag, habe ich Mika angerufen und ihm alles erzählt. Na ja, vielleicht nicht alles. Bezüglich Inger habe ich womöglich ein paar Details ausgelassen. Aber Mika ist nicht dumm und wird eins und eins zusammenzählen können. Wenigstens weiß ich seitdem auch, woher Frida meinen Aufenthaltsort kannte. Mika hat sich ihr gegenüber verplappert, aber niemals damit gerechnet, dass sie nach Lillaström fahren würde – ansonsten hätte er mich vorgewarnt. Ihm tut es aufrichtig leid und ich kann ihm nicht böse sein.

Die Musik ist verstummt und ich sammle mich langsam wieder. Inger nimmt eine blonde Frau in den Arm und es hat den Anschein, als verabschieden sie sich voneinander. Und tatsächlich, Inger geht weiter und ich verliere schon kurz darauf in der Menschenmenge den Blick auf sie. So ein Mist.

Jemand hält mich am Arm zurück. Ebba. Sie war es auch, die sich kurz zuvor von Inger verabschiedet hat.

»Falls du Inger suchst, sie wollte zum Strohlabyrinth.« Sie zwinkert mir wissend zu und ich befürchte, meine Gefühle stehen mir ins Gesicht geschrieben.

Ich drücke Ebbas Hand. »Danke dir.«

»Lass mich nicht bereuen, dir den Tipp gegeben zu haben.«

»Ich werde mein Bestes geben.«

Die Antwort scheint sie zufriedenzustellen, denn sie erwidert meinen Händedruck. »Viel Glück.«

Mit einem Lächeln und dem Wissen, dass ich die Bewohner von Lillaström ins Herz geschlossen habe, mache ich mich auf den Weg zum Strohlabyrinth. Um ehrlich zu sein, hätte ich auch selbst darauf kommen können, dass Ingers Weg sie dorthin führen wird. Nicht nur einmal hat sie mir erzählt, dass sie es kaum erwarten kann, den Irrgarten zu besuchen.

Als ich ankomme, frage ich mich, ob ich nicht besser am Ausgang auf sie warten soll. Was, wenn ich zu lange brauche, um den richtigen Weg zu finden, und sie mir am Ende erneut entwischt?

Da mich das Abwägen der Wahrscheinlichkeiten nicht weiterbringt, betrete ich das Labyrinth. Gleich zu Beginn stehe ich vor der Wahl zwischen drei Gängen. Gestresst atme ich tief aus. »Das fängt ja schon prima an.«

Da wird mir bewusst, dass ich nicht nach dem Ausgang suchen muss, sondern nach Inger. Sie zu finden, wird ein Leichtes sein – hoffentlich. Mit einem zufriedenen Lächeln im Gesicht ziehe ich mein Handy aus der Gesäßtasche und wähle ihre Nummer. Mir fällt ein Stein vom Herzen, als ich kurz darauf eine mir bekannte Melodie höre.

Gut, ich muss also nach links.

Dass Inger das Gespräch nicht annimmt, sondern mich wegdrückt, wundert mich nicht. Doch ich bleibe hartnäckig und wähle erneut ihre Nummer. Mein Herz hämmert aufgeregt, als ich merke, dass ich ihr näherkomme. Zwar habe ich den ein oder anderen Abstecher in eine Sackgasse gemacht, aber das stört mich nicht.

Dieses Mal dauert es nicht so lange, bis sie das Gespräch ablehnt.

In der Hoffnung, dass sie ihr Telefon nicht auf stumm gestellt hat, lasse ich es kurze Zeit später erneut klingeln.

»Was willst du, Mats?«

Ihre Stimme ist so nah, dass ich weiß, dass sie sich hinter der nächsten Ecke befinden muss. Meine Haut kribbelt und in meiner Nervosität vergesse ich, ihr zu antworten.

»Mats?«

»Ich will nur mit dir reden.«

Erschrocken fährt sie herum, als ich aus meiner Deckung trete. Sie sieht reizend aus in ihren Jeans, ihrem dicken Pullover und mit ihren langen, lockigen Haaren, die sie über ihre Schulter zurückwirft.

Inger hält kurz inne, als ob sie auf etwas warten würde. »Wo hast du Frida gelassen? Normalerweise muss ich nur einen Pieps von mir geben und sie steht bei Fuß.«

»Frida wird uns dieses Mal sicher nicht stören.«

Sie wendet ihren Blick ab und betrachtet einen der vielen Bilderrahmen, die hier im Labyrinth an Pfählen befestigt worden sind. In meiner Eile habe ich ihnen bisher keine Aufmerksamkeit geschenkt. Jetzt erst erkenne ich, dass jeder Rahmen eine Geschichte oder ein Bild für den Besucher bereithält. Direkt neben mir, hinter Glas, wird eine Fotografie gezeigt mit der Überschrift ›Das größte Maisfeld-Labyrinth der Welt‹. Bei Inger kann ich hingegen nur Text erkennen, bin mir aber ziemlich sicher, dass sie ihn gerade nicht liest.

»Ich kann nichts für Fridas plötzliches Auftauchen. Weder habe ich sie ermutigt, nach Lillaström zu kommen, noch hatte ich eine Ahnung, dass sie schwanger ist. Bitte, Inger, das musst du mir glauben.«

»Das glaube ich dir, Mats. Und doch stand Frida ganz unverhofft mit der frohen Kunde vor der Tür, dass du Vater wirst und dass sie dich wieder zurückwill.« Sie lässt ihre Schultern sinken und ich höre die Enttäuschung in ihrer Stimme.

»Das Baby ändert nichts daran, dass ich die Beziehung zwischen ihr und mir beendet habe. Endgültig.« Angespannt fahre ich mir mit den Fingern durch die Haare. »Ich hätte dich nicht mitten in der Nacht gehen lassen dürfen. Aber bitte versteh, die Nachricht, dass ich Vater werden könnte, hat mich völlig unvorbereitet getroffen.«

»Du brauchst dich mir nicht zu erklären.«

»Ich will es aber.« Mutig gehe ich auf sie zu. »Inger, ich kann nur noch an dich denken«, gestehe ich ihr und mir selbst ein.

Sie sieht mich mit großen Augen an. »Das spielt momentan aber leider keine Rolle. Bei deiner Historie mit Frida solltest du dich zuallererst auf dich konzentrieren und auf deine Aufgabe als Vater. Ein Baby wird euch zwei für immer miteinander verbinden. Außerdem …« Ihre Stimme wird leiser. »Außerdem wird Frida niemals etwas aufgeben, das sie sich in den Kopf gesetzt hat. Sie will dich zurück und wird alles daransetzen. Ist das nicht einfach nur eine Frage der Zeit?«

»Sicher nicht.« Der passende Moment, ihr zu erzählen, dass Frida abgereist ist, ist endlich gekommen. »Inger, sie …«

»Trotzdem, Mats. Ich fahre morgen wieder zurück nach Stockholm.«

Obwohl ich glaube, Bedauern in ihrer Stimme zu hören, trifft mich ihre Nachricht wie ein Schlag. »Du fährst nach Hause? Aber warum?« Falls sie wegen Frida abreist, kann ich sie beruhigen. »Frida ist …«

»Frida ist nicht der Grund.«

»Weshalb dann?«

»Olsson will, dass ich zurückkomme und Montag wieder mit der Arbeit beginne.«

Ich verstehe die Welt nicht mehr und mein Ton klingt schärfer als beabsichtigt. »Ach, und du machst natürlich das, was dein Ex-Chef von dir verlangt?«

Sofort streckt Inger den Rücken durch und gibt sich so selbstbewusst, als ob zwischen ihr und ihrem Arbeitgeber nie etwas vorgefallen wäre. »Es ist ein gutes und faires Angebot. Warum also nicht?«

Mir sträuben sich alle Haare. »Inger, der Kerl hat dich jahrelang ausgenutzt. Du glaubst doch nicht, dass sich das von heute auf morgen ändert.«

»Es spricht nichts dagegen, ihm noch einmal eine Chance zu geben. Außerdem fühlt es sich echt mies an, zu wissen, dass man in Kürze arbeitslos ist. Wovon soll ich denn bitte meinen Lebensunterhalt bestreiten?«

»Du tust gerade so, als ob du nirgendwo anders einen Job bekommen würdest, dabei hast du bisher vermutlich nicht einmal eine einzige Bewerbung geschrieben. Hast du schon vergessen, dass es noch gar nicht so lange her ist, dass es dir hundsmiserabel ging?«

»Ich bekomme endlich die Beförderung und noch dazu eine Gehaltserhöhung. Das tröstet über die ein oder andere Überstunde hinweg, die ich machen muss«, erklärt sie mir in überzeugendem Tonfall, doch sie kann mich nicht täuschen.

»Sobald es schwierig wird, rennst du weg oder ziehst den Schwanz ein. Du läufst vor der Herausforderung davon, dir eine neue Stelle zu suchen, bei der du dich aus deiner Komfortzone bequemen musst. Ebenso wie du mich bisher nicht hast ausreden lassen, weil du befürchtest, ich könnte irgendetwas sagen, das deine Argumentation verpuffen lässt und deine Ausflüchte zunichtemacht.« Ich lasse meiner Enttäuschung freien Lauf und mache mich auf ein großes Donnerwetter gefasst. Zu meiner Überraschung bleibt es aus.

Inger zieht die Schultern nach oben und schaut mich mit festem Blick an. »Ich schätze mal, dann ist zwischen uns beiden alles gesagt.«

Meine Enttäuschung weicht Wut. »Du machst es dir verdammt einfach, Inger. Fällst in deine alte Rolle zurück und glaubst, damit hat sich alles erledigt.«

Sie geht ein paar Schritte rückwärts. »Für mich hat es sich erledigt.«

Ihre Worte brechen mir ebenso das Herz, wie zu sehen, dass sie sich von mir abwendet. Ich weiß, ihr hinterherzugehen, würde nichts bringen, deshalb entscheide ich mich für die entgegengesetzte Richtung und bedauere mit jedem Schritt, dass Inger und ich uns voneinander entfernen. Was sich so gut und richtig angefühlt hat, soll nicht sein.

KAPITEL 27

Inger

Einzig das Versprechen meinen neuen Freunden gegenüber, mich beim Apfelfest von ihnen zu verabschieden, hat mich davon abgehalten, Lillaström schon tags zuvor zu verlassen. Das Gespräch mit Mats hat mich derart aufgewühlt, dass ich am liebsten sofort davongerannt wäre.

Sein unverhofftes Auftauchen im Strohlabyrinth hat mich völlig aus der Bahn geworfen und mir ganz deutlich gezeigt, dass er meinem Herz verdammt nahegekommen ist. Doch obwohl ich nun weiß, dass es ihm ähnlich geht, schwebt ständig nur eine Frage über mir: Wohin soll das führen? Zwar kenne ich nicht die genaue Vergangenheit von Mats und Frida, aber ich weiß, dass sie ihn während ihrer ständigen On-off-Beziehung immer wieder um den Finger wickeln konnte und er ihr aus der Hand gefressen hat. Wie wird das dann erst mit einem Kind sein?

Soll ich mich etwa auf so ein Wagnis einlassen?

Klar, wir haben festgestellt, dass wir uns ziemlich gut verstehen. Wir hatten eine schöne Zeit in Lillaström und ja, es hat ganz gewaltig geknistert, als wir gemeinsam im Herbstlaub lagen. Nicht zu vergessen, der fantastische Sex mit ihm. Aber kann das die Basis für eine Beziehung sein? Eine Beziehung, in der Mats womöglich durch ein unschuldiges kleines Kind ein Leben lang an Frida gebunden sein wird?

Gequält stöhne ich auf. Warum stelle ich mir überhaupt solche Fragen? Hat er sich mit seinen Vorhaltungen, meine beruflichen Entscheidungen betreffend, nicht automatisch selbst ins Aus geschossen? Wie kommt er dazu, mir vorzuhalten, ich renne vor meinen Problemen davon, mache es mir einfach und wähle den bequemsten Weg? Einfach habe ich mir die Entscheidung, zu Olsson zurückzukehren, bestimmt nicht gemacht. Und bequem wird es sicher auch nicht für mich. Vielmehr glaube ich, ihm und mir zu beweisen, dass ich von vornherein die beste Wahl gewesen wäre.

Jetzt, da ich so darüber nachdenke, ist das wohl auch nicht unbedingt die klügste Entscheidung, wieder zu Olsson zurückzukehren.

Ich beschließe, es einfach auf mich zukommen zu lassen und im Zweifelsfall die Notbremse zu ziehen. Im gleichen Tempo weiterzumachen wie früher, stellt daher keine Option dar.

Im Rückspiegel sehe ich das Ortsschild von Lilaström immer kleiner werden. Tränen brennen in meinen Augenwinkeln. Ich werde das süße kleine Städtchen und seine Einwohner vermissen. Gleichzeitig verstehe ich nun, warum Agi immer so begeistert von ihren Aufenthalten hier erzählt hat.

Wenn ich an all die lieben Menschen denke, von denen ich mich kurz zuvor verabschiedet habe, steigt schon jetzt die Sehnsucht in mir, zu gegebener Zeit wieder einmal hierher zurückzukehren. Dabei kann ich in der Ferne noch die Dächer der Stadt erkennen.

Neben mir auf dem Beifahrersitz steht ein Korb, in dem ich all meine Einkäufe verstaut habe, unter anderem auch eine Tüte mit Apfeltalern. Es sind acht Stück und ich bin gespannt, wie lange es dauert, bis ich sie alle aufgefuttert habe. Dem Geruch des knusprigen, goldbraunen Gebäckstückes nach zu schließen, gebe ich mir selbst keine zehn Minuten.

Ich lasse das erste Stück in meinem Mund verschwinden, da klingelt das Telefon. Das Display im Armaturenbrett zeigt mir an, dass es Agi ist. Verdammt, ich habe meiner besten Freundin immer noch nicht von meinen turbulenten letzten Tagen erzählt. Es ist so viel passiert, gut möglich, dass ich gar nicht mehr alles zusammenbekomme. Hastig kaue ich meinen saftigen Keks und schlucke ihn hinunter. Schade, ich hätte ihn gern mehr genossen.

»*Hej*, Agi.«

»Mensch, Inger, langsam mache ich mir Sorgen um dich. Seit Tagen lässt du nichts mehr von dir hören. Geht es dir gut? Oder haben du und Mats euch am Ende doch noch gegenseitig die Köpfe abgerissen?«

»Beide Köpfe sind noch obenauf.« Wenn auch geknickt.

»Dann gilt der Waffenstillstand noch?« In Agis Stimme klingt Neugier mit.

»Keine Toten und Verletzte«, bestätige ich ihr, auch wenn es nicht ganz richtig ist. Verletzt sind wir vermutlich beide.

»Gut gemacht. Und sonst? Wie ist es so, mit Mats unter einem Dach zu wohnen? Seid ihr inzwischen Freunde geworden?«

Obwohl ich Agi liebend gern die ganze Geschichte erzählen würde, beschließe ich, dass dies nicht der richtige Augenblick dafür ist. Stattdessen beantworte ich lieber ihre Fragen und halte mich bedeckt. »Wie soll es schon sein? Wir haben uns arrangiert. Das Haus ist groß genug, um sich aus dem Weg zu gehen. Und ja, wir verstehen uns auch inzwischen besser und waren sogar einmal zusammen Abendessen.«

Es quiekt vergnügt in der Leitung. »Im Ernst?

Ihr hattet ein Date? Ausgerechnet ihr beide?«

»Das war kein Date. Wir sind einfach abends nach der Apfelernte mit den anderen Helfern eine Pizza essen gegangen. Keiner von uns hatte Lust, etwas zu kochen, und wir hatten beide Hunger. Mehr war das nicht.«

»Oh, ihr wart bei Luigi im *Little Italy*. Da war ich schon ewig nicht mehr.«

»Neidisch?«

»Und wie«, bestätigt Agi. »Ich kann es kaum erwarten, endlich mal wieder selbst nach Lillaström zu fahren. Gerade jetzt, da der Herbstmarkt stattfindet, ist es dort besonders schön. Warst du schon dort?«

Ich blicke auf meinen Korb. »Ja, und ich habe auch schon erfolgreich eingekauft.«

»Meinst du, du könntest mir eine Flasche von dem köstlichen Apfelwein mitbringen? Den gibt es in Stockholm leider nirgendwo zu kaufen.«

Da ich mir das schon gedacht habe, blicke ich zufrieden auf die beiden Flaschen in meinem Korb. »Mal schauen, was sich machen lässt.«

»Ach, ich vermisse dich.«

Am liebsten hätte ich Agi durch die Leitung gezogen und fest an mich gedrückt. Zu wissen, dass sie immer für mich da ist, füllt mein Herz mit Liebe für sie. In ein paar Tagen, wenn wieder Normalität in mein Leben Einkehr gehalten hat, werde ich sie mit der Flasche Apfelwein überraschen und ihr ausführlich erzählen, was sich alles in meinem Leben ereignet hat. Doch noch ist es zu früh.

»Ich vermisse dich auch, Agi. Aber jetzt erzähl mal, wie läuft der Laden?«

Ihr Laden ist das perfekte Stichwort, um sich berieseln zu lassen. Agi kann so ausdauernd, verschwärmt und detailverliebt von ihrem Geschäft erzählen, dass man ihr gern zuhört.

»… und jetzt kann ich mir endlich noch eine weitere Aushilfe leisten.«

»Das ist ja großartig.«

»Ja, das finde ich auch und ich kann dir gar nicht sagen, wie sehr ich mich freue.«

Im Hintergrund höre ich die Klingel ihrer Wohnungstür.

»So ein Mist, ich habe total die Zeit vergessen.« Agi flucht vor sich hin. »Das ist sicher Mika, der mich zum Sonntagsessen bei unseren Eltern abholt. Wir telefonieren ein anderes Mal wieder, ja, Inger?«

»Auf jeden Fall. Jetzt beeil dich und lass Mika nicht so lange warten.«

»Er überlebt es schon.« Sie lacht fröhlich ins Telefon. »Bis bald, Süße.«

»Bis bald.«

Wie so oft nach unseren Gesprächen lächle ich. Agi und ihre unverblümte Art sind manchmal so witzig, dass ich sie nur ansehen muss, und schon hebt sich meine Laune.

Meine Hand gleitet erneut in die Tüte neben mir und ich lasse den zweiten Apfeltaler in meinem Mund verschwinden. Im Radio kommt ein Upbeat Popsong. Ich drehe die Lautstärke auf und tippe mit meinen Fingern im Takt dazu auf das Lenkrad. Die Fahrt nach Stockholm ist lang, deshalb hoffe ich, dass mir weder die Süßigkeiten noch die gute Musik ausgehen werden.

KAPITEL 28

Inger

Es ist beinahe Mitternacht, als ich an meinem ersten Arbeitstag das Licht im Büro lösche und als Letzte den Feierabend einläute. Mein Team ist schon längst nach Hause gegangen. So wie ich es herausgehört habe, weiß niemand in der gesamten Firma, dass ich eigentlich gekündigt hatte. Genauso wenig wie mein Chef irgendjemanden über meine Beförderung informiert hat.

Meine Rückkehr zu Olsson hatte ich mir wahrlich anders vorgestellt. Anstatt der Übergabe der aktuellen Projektstände, um die Arbeiten schnellstmöglich fortzuführen, erhalte ich einen Stapel unsortierter Dokumente, durch die ich mich durcharbeiten muss. Auf meine Frage, warum die ganzen Informationen und Projektfortschritte nicht digitalisiert in unseren Systemen zur Verfügung stehen, erhalte ich nur ein Schulterzucken.

Ich war bloß eine Woche weg. Wie zur Hölle hat es Gunnar geschafft, in der kurzen Zeit ein derartiges Chaos zu veranstalten? Ihm sind Fehler passiert, die nicht hätten passieren dürfen und die dem Team hätten auffallen müssen. Daher kann ich meinen Chef verstehen, wenn er von stümperhafter Arbeit spricht und davon, dass für ausbleibende Ergebnisse am Ende zu viel Geld ausgegeben wurde.

Mein Vorsatz, mich zukünftig weniger unter Druck zu setzen und mir ausreichend Pausen zu gönnen, ist schon am ersten Tag dahin.

Mit einem beklemmenden Gefühl in der Brust fahre ich nach Hause und überlege mir auf dem Weg, wie ich das Arbeitspensum innerhalb der Projektzeiten überhaupt leisten soll. Ohne weitere Ressourcen ist das unmöglich. Es sei denn, ich arbeite rund um die Uhr und genau das wollte ich nicht mehr. Wenn mir eines heute bewusst geworden ist, dann, dass die Anforderungen, die Jerik an seine Bereichsleiter stellt, objektiv betrachtet völlig utopisch sind. Allein durch die vielen personellen Veränderungen auf dieser Position sind die Projekte ins zeitliche Hintertreffen geraten – Zeit, die unmöglich innerhalb der Fristen reingeholt werden kann. Nicht ohne weitere Mitarbeiter, die natürlich einen immensen Kostenfaktor darstellen und dadurch den Gewinn des Unternehmens schmälern würden.

Mit der Intension, diese Einschätzung meinem

Chef umgehend mitzuteilen, stehe ich am nächsten Tag an Swantjes Schreibtisch.

»*Hej*, Swantje. Ist er gerade frei?«

Meine Kollegin seufzt und tupft sich die Nase. »Ähm, geben wir ihm besser noch fünf Minuten. Vielleicht hat er sich bis dahin wieder abreagiert. Außerdem telefoniert er noch.«

Ihr perfektes Make-up ist an den Wangen von feinen Linien unterbrochen. »Was ist passiert? Hast du geweint? Geht es dir gut?«, frage ich sie besorgt.

»Alles in Ordnung. Der tägliche Wahnsinn eben.« Sie lächelt zaghaft. »Mach dir mal keine Sorgen um mich.«

»Wenn du reden willst, bin ich für dich da.« Mein Angebot an sie überrascht mich selbst. Zwar mag ich Swantje, aber wir hatten nie wirklich viel miteinander zu tun. Wenigstens kann ich ihr ein Lächeln entlocken.

Ich trete von ihrem Schreibtisch zurück und schaue mich gelangweilt um. An den Wänden hängen noch immer die hässlichen Kunstdrucke, wie bei meinem letzten Besuch bei Swantje, die definitiv in einer anderen Epoche als modern galten.

Warten zählt nicht gerade zu meinen Stärken, schon gar nicht derzeit. Viel zu oft denke ich dann an Lillaström und an Mats zurück – so auch dieses Mal. Mein Herz macht einen kleinen Freudensprung in meiner Brust und schmerzt zugleich unsagbar. Mit einem tiefen Atemzug hoffe ich, den Schmerz zu lindern, doch es funktioniert nicht. Meine Sehnsucht ist übermächtig.

Wie auf Kommando vibriert mein Handy und ich blicke auf das Display. Es ist eine Nachricht von Ebba, die mir ein Bild schickt. Neugierig öffne ich es. Ein warmes Gefühl macht sich in meiner Brust breit und ich lächle. Es ist ein Selfie von ihr auf dem Herbstmarkt, vor dem Stand von Stine. Sie hält eine Zimtschnecke in der Hand und schenkt mir ein herzliches Lachen, während ich im Hintergrund Elina, Lovisa, Jule, Stine und Mathilda winken sehe. *Wir wünschen dir einen schönen Kanelbullens dag. Schade, dass du nicht hier sein kannst – Stines neue Kreation ist megalecker und verspricht sehr viel Liebe … Wir vermissen dich und senden dir viele Grüße aus Lillaström.* Was für eine süße Nachricht. Sofort wachsen meine Sehnsucht und mein Bedauern, nicht in Lillaström zu sein.

Die Bürotür von Jerik wird aufgerissen und mein Chef kommt übelgelaunt heraus. Seine Anspannung ist ihm deutlich anzumerken. Zwar ist er in den seltensten Fällen als umgänglich zu bezeichnen, aber wenn er so düster dreinblickt, geht man ihm für gewöhnlich am besten aus dem Weg.

»Hol mir Gustafson in die Leitung. Oder bist du dafür auch zu dämlich?«, blafft er Swantje unfreundlich an.

Empört schaue ich zu Swantje, die mir einen hilfesuchenden Blick zuwirft. Sofort regt sich der Beschützerinstinkt in mir.

»Bevor du weitersprichst, Jerik, sehe ich eine Entschuldigung an Swantje durchaus als angebracht. Außerdem wolltest du doch sicherlich ›Bitte‹ sagen.«

Sein Kopf schießt wutentbrannt zu mir herum. »Du mischst dich in Dinge ein, die dich nichts angehen, Inger.« Er deutet auf mein Handy. »Und wie du ganz genau weißt, dulde ich es nicht, wenn wertvolle Arbeitszeit mit privaten Nachrichten vergeudet wird. Im Übrigen, was hast du hier zu suchen? Hast du nicht genug Arbeit? Ich will endlich Fortschritte in deinem Bereich sehen. Noch dazu habe ich noch immer nicht den Zwischenbericht zum Holmberg-Projekt von dir bekommen und …«

In meinen Ohren höre ich wieder das unangenehme Rauschen. Ein Bleigürtel legt sich um meine Brust und das Atmen fällt mir schwer. Meine Knie zittern, genauso meine Hände. Es ist ein grässliches Déjà-vu und Dr. Eriksons mahnende Worte kommen mir wieder in den Sinn. Ebenso wie die von Mats, dass ich den angenehmsten Weg wähle und vor meinen Problemen davonrenne.

Ich will das nicht mehr und fasse in diesem Augenblick den Entschluss, dass ich nie wieder zulassen werde, dass jemand so herablassend und respektlos mit mir umgeht. Mir platzt der Kragen und dieses Mal wird es kein Zurück mehr geben.

»Und ich werde sicher nicht ausbaden, was du aufgrund deiner Fehlentscheidungen als Chef dieses Unternehmens überhaupt erst heraufbeschworen hast.«

»Was erlaubst du dir?«

»Ich erlaube mir, dir endlich einmal meine Meinung zu sagen.« Exakt das tue ich dann auch. Angefangen bei seinen desaströsen finanziellen Entscheidungen, die das Unternehmen bald in den Ruin treiben werden. Den haarsträubenden Fehlkalkulationen, die kaum eines der Projekte profitabel machen, in die Mitarbeiter ihr ganzes Wissen und ihre Energie stecken. Und seinem despektierlichen Umgang mit eben diesen Mitarbeitern, die am Ende dafür sorgen, dass die Firma überhaupt noch läuft.

Als ich mit meiner kleinen Ansprache fertig bin, blicke ich zu Swantje, die mich mit großen Augen ansieht. Ich meine, so etwas wie Stolz darin zu erkennen.

»Willst du mir noch mehr sagen?«

Die Genugtuung, ein weiteres Mal zu kündigen, werde ich ihm nicht geben. Wenn, dann soll gefälligst er dieses Mal den Schlussstrich unter unsere Zusammenarbeit setzen. »Nein, danke. Aber vielleicht hast du mir etwas zu sagen?«

»Du bist gefeuert. Pack deine Sachen und verlasse umgehend das Gebäude.« Mit hochrotem Kopf und sichtlich getroffen, deutet er zur Tür.

Einen letzten kleinen Seitenhieb kann ich mir nicht verkneifen. »Tut weh, einmal den Spiegel vorgehalten zu bekommen, nicht?«

Wutentbrannt dreht er sich um und eilt in sein Büro zurück, wo die Tür donnernd ins Schloss fällt. Zwar zucke ich kurz zusammen, dennoch trage ich ein zufriedenes Lächeln im Gesicht. Es ist vorbei. Endlich.

»Das war sehr mutig, Inger. Ich hoffe nur, dass du das nicht wegen mir gemacht hast?«

»In jedem von uns steckt dieser Mut, keine Ungerechtigkeiten zu dulden – egal ob gegen einen selbst oder gegen andere.« Ich gehe um den Schreibtisch und drücke Swantje zum Abschied. »Du bist deines eigenen Glückes Schmied, Swantje. Und nur du allein hast es in der Hand, Entscheidungen für dich zu treffen.«

»Danke.«

Mit einem letzten »Bye, Swantje«, verlasse ich das Büro.

Wohin mich mein nächster Weg führen wird, weiß ich ganz genau und die Vorfreude wächst von Sekunde zu Sekunde.

Es ist kurz vor fünfzehn Uhr, als die Ladenglocke über meinem Kopf ertönt und ich Agis Geschäft betrete. Außer mir ist noch eine Kundin anwesend, die von Agis Mitarbeiterin beraten wird.

Meine Freundin steht hinterm Tresen und legt bei meinem Anblick den Kopf schief. Sie verzieht keine Miene und ich frage mich, ob irgendetwas vorgefallen ist. Müsste sie nicht vielmehr überrascht sein, mich zu sehen? Immerhin denkt sie doch, dass ich noch in Lillaström bin.

»Ich habe mich schon gefragt, wann du hier auftauchen wirst.«

»W-Wie meinst du das?«, hake ich unsicher nach.

»Nun, von Mika weiß ich, dass du schon am Sonntag wieder von Lillaström nach Stockholm zurückgefahren bist. Du hast mir kein Sterbenswörtchen gesagt, obwohl wir telefoniert haben.« Agi tritt hinter dem Tresen hervor und stemmt aufgebracht die Hände in die Hüften. Ihre Stimme hat einen ungewöhnlich piepsigen Klang. »Außerdem habe ich erfahren, dass du wieder bei Olsson arbeitest. Wann wolltest du mir das beichten?«

Wow, so sauer habe ich meine Freundin selten erlebt. »Jetzt?« Versöhnlich halte ich den Jutebeutel in die Höhe, in der ich die Flasche Apfelwein und dem heutigen Tag geschuldet natürlich frische *Kanelbullar* verstaut habe.

»Was ist das?«

»Mein Friedensangebot?«

Agis Fassade bröckelt. »Ich hoffe, da ist eine Ladung *Kanelbullar* drin.«

»Sogar die aus deiner Lieblingsbäckerei. Und die Flasche Apfelwein, die du haben wolltest.«

»In Ordnung.« Sie zeigt mit dem Finger auf mich und deutet an, mich ernsthaft zu tadeln. »Aber du hast mir einiges zu erklären.«

»Das habe ich in der Tat.«

Wenige Minuten später finden wir uns in Agis kleinem Apartment über dem Laden wieder. Ihre Mitarbeiterin hat sich verständnisvoll gezeigt und ihre Chefin ermutigt, ihr zu vertrauen und den Laden in ihre Obhut zu übergeben, mit dem Hinweis, dass sie Agi ja jederzeit rufen kann.

Meine Freundin brüht in der Küche Kaffee auf, während ich die Schätze aus meiner Tasche auspacke.

»Warum hast du am Telefon kein Sterbenswörtchen gesagt, dass du auf dem Weg zurück nach Stockholm bist und wieder bei Olsson anfängst?« Ich kann die Enttäuschung in Agis Stimme nicht überhören.

»Weil ich genau wusste, dass du es mir ausreden würdest.«

»Zu Recht.«

»Umso stolzer wirst du auf mich sein, wenn ich

dir erzähle, dass ich meinem Chef heute die Meinung gesagt habe und er mich daraufhin entlassen hat.« Selbst ich bin noch immer stolz auf mich.

Überrascht dreht sich Agi zu mir um. »Hast du nicht?«

»Habe ich doch!«

»Endlich ist dieser Albtraum vorbei.« Agi seufzt zufrieden. »Umso bedauerlicher ist es, dass du deshalb aus Lillaström abgereist bist. Gerade jetzt, während der Herbstmarkt stattfindet.«

»Ja«, bestätige ich ihr traurig und kämpfe mit den Tränen. Weniger wegen des Herbstmarktes, vielmehr wegen Mats. »Lillaström ist wirklich wunderschön.«

»Das hört sich aber nicht gerade überzeugend an.« Agi gießt den Kaffee in zwei Tassen und wir setzen uns an den Küchentisch. »Gibt es vielleicht noch etwas, das du mir erzählen willst? Eventuell spielt ja der Kerl dabei eine Rolle, mit dem du die letzten Tage unter einem Dach verbracht hast? Oder sollte ich eher sagen, die ihr unter einer Decke verbracht habt?«

Ertappt sehe ich meine Freundin an. Mein Puls beschleunigt sich und ich bin völlig perplex. Nichts von dem, was ich ihr bisher erzählt habe, hat darauf hingedeutet, dass zwischen Mats und mir mehr war. »Woher weißt du das?«

»Komm schon, Inger. Ich bin doch nicht blöd.

Und blind auch nicht. Mats ist ein superlieber und attraktiver Kerl. Du bist überstürzt aus Lillaström abgereist, nachdem Frida aufgetaucht ist und obendrein …«

»Mo-Moment mal.« Irritiert sehe ich sie an. Bisher habe ich Frida mit keiner Silbe erwähnt. Weder ihren Versuch, Mats zurückzugewinnen, noch die Schwangerschaft. »Woher weißt du, dass Frida in Lillaström ist? Ich habe dir das nicht erzählt.«

»Nein, du hast es mir nicht erzählt.« Ihre Stimme klingt vorwurfsvoll. »Ich weiß es von Mika.«

»Von Mika?« Ja, klar. Mika ist Mats' bester Freund. Warum soll er es seinem besten Freund auch nicht erzählen? Es kann ja nicht jeder so blöd sein wie ich, und der besten Freundin intime Details aus seinem Leben verheimlichen.

»Gib dir keine Mühe mehr, Inger. Ich weiß alles.«

Ein eiskalter Schauder läuft mir über den Rücken. »Was weißt du?«

Sie kreischt plötzlich aufgeregt und greift nach meinen Händen. »Du hattest Sex mit Mats.«

Tränen brennen in meinen Augen. »Ja, hatte ich.«

»Aber was ist denn los? War es nicht gut?«

»Es war perfekt«, schluchze ich und wieder überkommt mich diese schmerzhafte Sehnsucht nach ihm.

»Wo liegt dann das Problem, Süße?«

Agi ein weiteres Mal etwas vorzumachen, liegt mir fern, ebenso wie es keinen Sinn macht, mir selbst länger etwas vorzulügen. Vielleicht hilft es ja, es endlich einmal auszusprechen.

»Das Problem ist, dass ich mich in einen Kerl verliebt habe, der vermutlich bald Vater wird und der … und der …« Ich wische mir die Tränen aus dem Gesicht, die sich nun unaufhaltsam ihren Weg in die Freiheit suchen. »Dessen Ex-Freundin ihn zurückhaben will und der … und der…« Hilfesuchend sehe ich zu Agi. »Welche Chance hätten Mats und ich schon, aufgrund seiner Vorgeschichte mit Frida? Wie soll ich darauf vertrauen können, dass er es sich mit mir nicht doch irgendwann anders überlegt? Wenn das Kind von ihm ist, dann …« Ich schluchze, denn mir wird eines klar. Und obwohl es mir in diesem Moment Angst macht, das auszusprechen, tue ich es trotzdem. »… dann liebe ich ihn trotzdem. Von ganzem Herzen.« Verdammt sei diese Frida. Nach allem, was Mats und ich gemeinsam erlebt haben, haben wir da nicht eine Chance verdient?

Agi drückt aufmunternd meine Hand. »Das Kind ist nicht von Mats.«

»Was?« Habe ich mich eben verhört? Woher will Agi das wissen? Es wurde doch noch kein Vaterschaftstest gemacht. »Aber …«

»Es kann nicht Mats' Kind sein, weil Frida

überhaupt nicht schwanger ist.«

»Ist sie nicht?« Verwirrt löse ich meine zitternde Hand aus der von Agi, stehe auf und lehne mich gegen die Küchenzeile. Meine Gefühle spielen völlig verrückt. »Woher willst du das wissen?«

»Ganz einfach. Nachdem Frida am Samstagmorgen aus Lillaström abgereist ist, ging sie abends noch in den Club. Sie hat dort Alkohol getrunken und weil Mika durch Mats von der Schwangerschaft wusste, wollte er ihr ins Gewissen reden, wie unverantwortlich ihr Verhalten ist. Dabei hat sie ihm unter Tränen eingestanden, dass sie nicht schwanger ist, sondern einfach nur überfällig war. In der Nacht zuvor hat sie ihre Tage bekommen und ich vermute mal, dass das auch der Grund war, weshalb sie schließlich wieder abgereist ist und Mats in Ruhe gelassen hat.« Agi schüttelt den Kopf und verdreht die Augen. »Ja, sie hat noch nicht einmal einen Schwangerschaftstest gemacht.«

»Ist nicht wahr.« Ich sacke innerlich zusammen, ehe mir die Tragweite von Agis Worten bewusst wird. Frida ist schon Samstag abgereist? War es das, was Mats versucht hat, mir im Strohlabyrinth zu sagen? Ich schnaube. Natürlich war es das, was er mir sagen wollte. »Ich bin so blöd.«

»Da will ich dir heute ausnahmsweise nicht widersprechen.«

»Aber Agi, was mache ich jetzt nur?« Ich höre selbst die Verzweiflung in meiner Stimme. Mein Herz schlägt so schnell, als wäre ich einen Marathon gelaufen. Beim Gedanken an Mats kribbelt mein ganzer Körper, als hätte sich ein Ameisenvolk zu einer Parade versammelt.

»Uns fällt schon was ein.«

Ihr zuversichtlicher Gesichtsausdruck gibt mir die Hoffnung, dass noch nicht alles verloren ist.

KAPITEL 29

Mats

Auch wenn ich Almas provisorische Kaffeetheke am Obstregal im Supermarkt und ihren grässlichen Filterkaffee vermissen werde, bin ich froh, dass das Café endlich geöffnet hat. Am *Kanelbullens dag* wurde die Neueröffnung gefeiert und obwohl ich nicht weiß, wie das Café zuvor ausgesehen hat, ist die Renovierung geglückt. Auch die Backwaren sehen köstlich aus und der Kaffee aus der Siebträgermaschine ist mit Abstand der Beste, den ich seit langem getrunken habe. Stine hat wirklich ganze Arbeit geleistet.

»Und du willst echt nichts abhaben?«

Ich sehe zu Mika, der bereits die zweite *Kanelbulle* verdrückt und zufrieden darauf herumkaut.

»Nein, danke.« Trotz der süßen Verlockungen in der Verkaufstheke habe ich bisher noch nichts davon gekostet. Irgendwie habe ich keine Lust darauf, was vielleicht daran liegen könnte, dass Inger und ich ursprünglich geplant hatten, gemeinsam ins Café zu gehen und einmal das komplette Sortiment zu bestellen, inklusive aller Kaffeesorten und Kaffeearten.

»Muss ich mir Sorgen um dich machen? Nicht dass du mir noch vom Fleisch fällst.«

»So schnell wird das schon nicht passieren.« Allerdings muss ich mir eingestehen, dass ich in den letzten Tagen kaum Appetit hatte. Zwar ist die Sache mit Frida endlich geklärt und ich bin Mika zutiefst dankbar, dass er mich sofort angerufen hat, nachdem meine Ex-Freundin bei ihm eine Beichte zu ihrer vermeintlichen Schwangerschaft abgelegt hat, aber das war er mir auch schuldig. Schließlich war er es, der sich verplappert hat und dem ich Fridas Besuch überhaupt erst zu verdanken hatte. Am Ende ist es aber die Sache mit Inger, die mir schwer im Magen liegt.

Es war nicht fair von mir, ihr vorzuwerfen, dass sie Problemen aus dem Weg geht und immer den angenehmsten Weg wählt, denn das stimmt nicht. Ansonsten hätte sie sicher nicht so lange für ihren Chef gearbeitet.

Doch ich kann nach wie vor nicht verstehen, warum sie sein Angebot angenommen hat. Hat sie so große Angst, so schnell keine andere Stelle zu finden? Oder wollte sie einfach nur aus Lillaström – oder besser vor mir – fliehen und das war die passende Ausrede? Der Kerl hat sie schon einmal an den Rand der Erschöpfung gebracht, was denkt sie, wird dieses Mal passieren?

»Erde an Mats.«

»Wie?« Ertappt sehe ich auf. Wie so oft in den letzten Tagen bin ich mit meinen Gedanken woanders.

»Ich habe dich gefragt, ob ich uns noch etwas aus dem Café mitnehmen soll oder ob wir noch in den Supermarkt müssen, ehe wir wieder zum Ferienhaus zurückgehen?«

Da ich bis vor zwei Stunden keine Ahnung hatte, dass Mika kommen würde, wäre es durchaus angebracht, noch ein paar Einkäufe zu erledigen. »Wie lange bleibst du eigentlich?«

»Warum? Steht das in Zusammenhang zu deiner Einkaufsliste? Du weißt schon, dass wir morgen einfach wieder einkaufen gehen können, wenn etwas ausgeht?« Das letzte Stück seiner Zimtschnecke verschwindet im Mund und er legt sich zufrieden die Hand auf den Bauch. »Boah, war das lecker.«

»Nun?«

»Du machst gerade den Eindruck, als ob du mich loswerden willst. Stört es dich, dass ich hier bin? Ich dachte, das könnte ganz nett werden. Du und ich heute Abend im *Hörnan* … und davor schauen wir noch bei Luigi vorbei.«

»Quatsch, du störst mich nicht. Ist doch dein

Haus.« Vielleicht ist es gut, dass Mika hier ist. Dann habe ich nicht so viel Zeit zum Nachdenken.

»Ich weiß übrigens noch nicht, ob ich bis morgen oder bis Samstag bleibe. Kommt darauf an, wie es im Club läuft.«

Noch so etwas. Von Stockholm nach Lillaström sind es gut und gern sechs bis sieben Stunden Fahrzeit. Es freut mich, dass mein Freund sich dazu entschlossen hat, herzukommen, obwohl er genau weiß, dass ich mit meiner Laune nicht unbedingt die beste Gesellschaft bin. Aber was hätte er gemacht, wenn ich bereits abgereist wäre? Wirklich abwegig wäre das nicht.

Mika schaut inzwischen zum dritten Mal auf seine Uhr.

»Hast du noch einen dringenden Termin?«, necke ich ihn.

»Macht der Gewohnheit.« Er schiebt seinen Stuhl zurück und steht auf. »Lass uns noch kurz bei Alma vorbeigehen. Ich war schon ewig nicht mehr bei ihr. Mal schauen, ob sie mich überhaupt noch kennt.«

Ich folge Mika vor das Café und muss schmunzeln, als mein Freund ausgerechnet in die Arme von Lillaströms Bürgermeister läuft und dieser ihn direkt zu einem Kurzinterview für seinen Imagefilm verdonnert. Inzwischen müsste Henrik dank Lasses Tatendrang Videomaterial für einen ganzen

Filmmarathon haben. Doch der kleine pummlige Mann lässt sich trotzdem nicht davon abbringen, auch weiterhin jeden Bürger und Besucher von Lillaström vor die Kamera zu bekommen.

»Ich erwarte dich also morgen um zehn Uhr am Markt-Torbogen. Und sei bitte pünktlich, Mika.«

»Klar.«

»Sind deine Eltern und deine Schwester eigentlich auch da? Wenn ja, kannst du sie morgen mitbringen.«

Meinem Freund ist seine Anspannung deutlich anzumerken. »Leider nein. Und jetzt muss ich gehen.« Mit einem kurzen Kopfnicken deutet er mir an, mich in Bewegung zu setzen, und folgt mir dann. »Hat mich gefreut, Lasse.«

»Pünktlich, Mika.«

Er macht auffällig große Schritte, um zum Supermarkt zu kommen, und ich verstehe, dass er auf der Flucht ist.

»Keine Angst. Lasse verfolgt uns nicht.«

»Ha, ha. Sehr witzig. Wenn du schon einmal einen ganzen Sommer in Lillaström alle öffentlichen Rasenflächen hättest mähen müssen und dafür keine Krone bekommen hättest, würdest du auch Reißaus vor ihm nehmen.«

»Verstehe.«

»Genau, gib ihm niemals den kleinen Finger.«

Nach Mikas eindrücklichen Appell und einem Besuch bei Alma im Supermarkt, machen wir uns mit einer Tasche voller ungesunder Snacks auf den Weg zurück zum Ferienhaus von Mikas Familie.

»Die Tür ist auf. Hast du vergessen, sie zuzuziehen?«

»Nein.« Ich würde doch niemals vergessen, die Tür hinter mir zu schließen. Immerhin komme ich aus Stockholm – einer Großstadt, in der Vorsicht und Sicherheit großgeschrieben werden.

Alarmiert steige ich aus dem Wagen und eile zum Treppenaufgang. Was ich zu sehen bekomme überrascht mich jedoch mehr, als die Befürchtung, jemand könnte eingebrochen sein.

In einem wegweisenden Pfad aus Mehl führen kleine Schuhabdrücke, die höchstens drei Zentimeter groß sind, über die Stufen bis zur Haustür. Ich gebe der blauen Tür einen Stoß und sie öffnet sich knarzend. Die Spur der Abdrücke zieht sich weiter durch den Flur, bis ins Wohnzimmer.

»Was ist das?«

Ohne mich zu Mika umzudrehen, antworte ich ihm. »Das sieht beinahe so aus, als ob Tomte zu Besuch wäre.«

»Tomte? Ist das dein verdammter Ernst?«

»Hast du eine bessere Erklärung für die kleinen Schuhabdrücke?« Seit ich durch die Haustür getreten bin, weiß ich, wem ich diese Überraschung zu verdanken habe. Es gibt nur eine Person, die ich mit Tomte in Verbindung bringe: Inger. Sie ist hier, ich weiß es.

Die Spuren führen durchs Wohnzimmer zur Terrassentür, die nur angelehnt ist. Ich öffne sie und trete nach draußen, wo ich den Abdrücken bis zu ihrem Ende, an der letzten Stufe zum Garten, folge.

Mein Herz schlägt schneller, als ich mitten auf der Wiese einen großen Laubhaufen entdecke. Von Inger ist jedoch weit und breit keine Spur. Auf der Wiese sehe ich zahlreiche Fährten aus buntem Laub. Sie verlaufen kreuz und quer, enden aber alle am Laubberg und ich bin mir ziemlich sicher, dass Inger mir damit etwas sagen will.

Ich drehe mich um und sehe Mika zusammen mit seiner Schwester an der Terrassentür stehen. Beide lächeln zufrieden und geben mir zu verstehen, dass ich weitergehen soll, ehe sie sich umdrehen und weggehen. Dass auch Agi hier ist, wundert mich nicht. Inger kann das alles unmöglich allein gemacht haben. Nicht in der kurzen Zeit, in der Mika und ich in der Stadt waren.

Erwartungsvoll nehme ich mein Handy aus der Hosentasche und wähle Ingers Nummer. Aus dem großen Haufen Herbstlaub dringt die Titelmelodie von *Pippi Langstrumpf* an mein Ohr und ich gehe schmunzelnd darauf zu. Mitten im Laub liegt keine

Geringere als Inger, die ihren Blick zum Himmel gerichtet hat.

Mit pochendem Herzen lasse ich mich neben sie ins Laub fallen. Um uns herum ist wieder dieses Knistern und der Herbstwind lässt ein paar Blätter für uns in der Luft tanzen. Ich bin hier. Hier bei ihr. Der Rest liegt in ihrer Hand.

KAPITEL 30

Inger

Seitdem ich gehört habe, dass Mats auf die Terrasse herausgetreten ist, traue ich mich kaum zu atmen. Mir ist speiübel und ich befürchte, noch nie in meinem Leben so nervös gewesen zu sein wie in dem Moment, als mein Telefon mir die Titelmelodie von *Pippi Langstrumpf* vorspielt und er sich neben mich ins Laub fallen lässt.

Immerhin, er ist da und nicht gleich wieder lachend davongelaufen, was bei Agis und meiner kindischen Aktion durchaus möglich gewesen wäre. Was ich zunächst noch ziemlich süß und äußerst symbolträchtig fand, ist doch ein wenig albern. Ob das nun die Wichtel-Geschichte ist oder die verworrenen Pfade zum Laubberg. Egal, ich kann es jetzt auch nicht mehr ändern.

Ich kann Mats' Nähe und Wärme spüren, seinen Atem hören. Und ich wünsche mir, dass dieser Moment nicht vorbeigehen soll.

»Zu viel?«

»Wie könnte ein Besuch von Tomte jemals zu viel sein?« Sein tiefes und kehliges Lachen berührt mein Herz. »Aber ich hoffe, dass der Zwerg die Sauerei nachher wenigstens wieder putzt.«

»Wichtel.«

»Wie?«

Ich grinse amüsiert vor mich hin. »Tomte ist ein Wichtel, kein Zwerg.«

»Streiten wir uns gerade über die richtige Bezeichnung eines nicht existenten Wesens?«

»Sag doch nicht so etwas. Wenn er dich nun hört.« Ich bleibe in meiner Rolle.

»Dann bin ich mir sicher, er wird mir verzeihen.«

»Apropos verzeihen.« Kurz räuspere ich mich und versuche mein wild pochendes Herz wieder unter Kontrolle zu bringen. »Wir haben ein paar ziemlich turbulente Tage hinter uns und ich befürchte, es ist viel gesagt worden, das am Ende vielleicht gar nicht so gemeint war. Denkst du, wir können uns gegenseitig verzeihen?«

Mats dreht seinen Kopf zu mir und ich kann seinen Blick auf mir spüren. »Ich glaube, es ist weniger ein Verzeihen. Vielmehr geht es doch darum, Verständnis für den jeweils anderen und dessen Situation zu zeigen, findest du nicht?«

»Und trotzdem tut es mir leid, dass ich zuerst an dir und deinem Wort gezweifelt habe.«

»Die Situation war derart seltsam und verfahren, vermutlich hätte ich ebenso reagiert. Umso wichtiger finde ich es, jetzt über alles zu sprechen, um keine neuen Missverständnisse aufkommen zu lassen.«

Unglaublich, dass Mats so feinfühlig ist. Noch vor einer Woche hätte ich ihm das nicht zugetraut.

»Bleibt jetzt nur die Frage, ob du nicht schon das meiste weißt. Du bist mit Mika nach Lillaström gefahren. Gut möglich, dass er dir ein bisschen mehr über die vergangenen Tage erzählt hat.«

Nun sehe auch ich ihn an und beim Blick in seine Augen beschleunigt sich umgehend mein Puls. Ich bin nach Lillaström gekommen, um ehrlich zu sein. »Ich weiß das von Frida. Sowohl, dass sie nicht schwanger ist, als auch, dass sie auf deine Bitte hin schon vor unserem Gespräch im Strohlabyrinth abgereist ist.«

»Hätte es etwas an deiner Entscheidung geändert, wenn du es früher gewusst hättest? Hätte ich dich aufhalten können?«

»Du meinst wegen des Jobs?«

Er nickt.

»Nein. Nein, das hättest du nicht. Diesen Fehler musste ich machen, um endlich einen Abschluss zu finden.«

»Einen Abschluss?«

Ich lächle. »Oh. Das weißt du ja vermutlich noch gar nicht. Ich habe meinem Chef bereits am zweiten Tag meine Meinung gesagt, woraufhin er mich entlassen hat.«

»Und wie hat es sich angefühlt, ihm einmal alles zu sagen, was dir auf der Seele brennt?«

»Es fühlte sich nach einem Abschluss an und der war bitter nötig.«

»Du wirst etwas Neues finden. Genau das, was du suchst.«

Ich schenke ihm ein Lächeln und setze mich auf. »Vor Kurzem sagte jemand zu mir, dass egal wie viele Irrwege ich einschlage, ich am Ende an meinem Ziel ankommen werde. Ich hielt das zunächst für einen dämlichen Glückskeks-Spruch, doch als ich darüber nachgedacht habe, ergab plötzlich alles Sinn. Wäre ich nicht zurück zu Olsson gegangen, hätte ich niemals damit abschließen können. Den weiten Weg nach Lillaström musste ich gehen, um mich selbst wiederzufinden. Wenn ich nicht hierhergekommen wäre, hätte ich niemals erfahren, wer du wirklich bist. Ich hätte niemals den Sprung ins Ungewisse gewagt, wenn du das nicht möglich gemacht hättest und an meiner Seite gewesen wärst. Wer hätte jemals gedacht, dass ausgerechnet du derjenige bist, dem ich mein Herz schenken möchte?«

Auch Mats richtet sich auf. Er nimmt meine Hand.

»Inger, ist das wahr?«

»Dass ich mich in dich verliebt habe, war mir klar, noch ehe ich wusste, dass Frida nicht schwanger ist.«

»Wow.« Zärtlich küsst er die Innenseite meines Handgelenks und mein ganzer Körper gerät in Aufruhr. Meine Haut kribbelt und mein Puls geht automatisch schneller. »Ich danke dir.«

Er dankt mir? Im Ernst? Das ist alles? Habe ich mir womöglich völlig umsonst Hoffnungen gemacht?

»Dafür, dass du du bist. Dafür, dass du mich aus meinem dunklen Loch des Selbstmitleids gezogen hast. Dafür, dass wir trotz all der Missverständnisse gemeinsam hier sitzen und dafür, dass ich die Gelegenheit von dir bekomme, dir zu sagen, dass auch ich mich Hals über Kopf in dich verliebt habe. Und ich hoffe, dass wir beide, nach all unseren Irrwegen, endlich am Ziel angekommen sind.«

Wieder ist da dieses besondere Knistern zwischen uns, das ich noch bei niemand anderem erlebt habe.

»Das kommt darauf an.«

»Worauf?«

»Ob du mich küssen wirst.«

Mats lacht und ich entdecke wieder das Grübchen an seiner Wange. »Und ich dachte immer, Pippi fragt nicht lange, sondern macht, was ihr gefällt?«

Da hat er recht. Ich nehme seine Anspielung als Vorwand und lehne meine Stirn an seine. »Ich bin sehr glücklich, dass wir das klären konnten.«

Unsere Lippen treffen sich und alles um uns herum ist vergessen. Es gibt nur Mats und mich und die Vorfreude darauf, was uns erwarten wird, wenn wir Lillaström verlassen und nach Stockholm zurückkehren.

»Darf ich dich nächste Woche zu einem Date einladen? So ganz offiziell, meine ich.«

Echt jetzt? Mats will mich auf ein Date ausführen? Ausgerechnet er?

»Niemals. Ich werde dich nie wieder in meinem Leben daten. Einmal hat gereicht.«

»Stimmt auch wieder. Ich befürchte, wir müssen dem ganzen einen neuen Namen geben. Verabredung? Rendezvous? Stell-dich-ein?« Kurz zieht er die Luft ein. »Ich habs: Tête-à-Tête.«

»Alles viel zu viel. Wie wäre es mit Besprechung, Treffen oder Meeting?«, wende ich ein.

»Weißt du was?« Bestimmend drängt er mich mit seinem Oberkörper zurück, sodass ich wieder im Laub liege. Zärtlich streift er mir eine Strähne hinters Ohr und sieht mich so liebevoll an, dass sich in mir ein tiefes Gefühl der Geborgenheit breitmacht.

»Was?« Sanft lege ich meine Hand an seine Wange, die er darin birgt.

»Wir zwei brauchen keinen Namen dafür. Hauptsache, wir sind zur selben Zeit am selben Ort.«

»Schöner hätte ich es nicht sagen können. Und jetzt, nicht mehr reden. Küssen.«

Als sich unsere Lippen erneut treffen, fühle ich mich überglücklich.

Angekommen.

Und wissend, dass das schrecklichste Date meines Lebens sich als mein Schicksal erwiesen hat.

LIEBE AUF SCHWEDISCH

Du willst deine Reise nach Schweden noch ein wenig verlängern? Kein Problem! Dich erwarten viele weitere großartige Liebesgeschichten, die in Lillaström spielen …

Staffel 1 | Winter

- Liebe auf Glatteis (Emma Wagner)
- Träume im Winterland (Mela Wagner)
- Knistern im Schneesturm (Saskia Louis)
- Küsse in der Polarnacht (Emily Ferguson)
- Glück unter Sternschnuppen (Ellen McCoy)

Staffel 2 | Sommer

- Träume am Sommersee (Emma Wagner)
- Liebe im Sommersturm (Emily Ferguson)
- Wünsche in der Sommernacht (Mela Wagner)
- Glück beim Sommertanz (C. R. Scott)
- Küsse unter Sommersternen (Julia Stirling)

Staffel 3 | Herbst

- Verliebt mit Waldbeertee (Jane Hell)
- Küsse zwischen Apfelkörben (Mela Wagner)
- Knistern im Herbstlaub (Finny Ludwig)
- Glück mit Kürbiskuchen (Emma Wagner)
- Wünsche mit Zuckerguss (Belinda Benna)

DANKE

Ich möchte von Herzen Emma Wagner, Jane Hell, Mela Wagner und Belinda Benna dafür danken, dass sie mich auf die abenteuerliche Reise nach Lillaström mitgenommen haben. Das Projekt hat mir unglaublich viel Spaß gemacht und ich bin sehr glücklich, dass ich bei der Herbst-Staffel der »Liebe auf Schwedisch«-Reihe dabei sein durfte.

Ein großer Dank gilt meiner Lektorin Sabrina Cremer (Lektorat Textwerkstatt) und der lieben Stefanie von SF Korrektorat für ihre Unterstützung und die tolle Zusammenarbeit.

Vielen Dank an meine wundervolle Familie und an meine großartige Schwester, für ihre fortwährende Unterstützung und ihren bedingungslosen Rückhalt.

Herzlichen Dank an meine lieben Test- und RezensionsleserInnen, sowie meinem Bloggerteam.

Mein größter Dank gilt all meinen zauberhaften Leserinnen und Lesern da draußen, die mit mir einen Ausflug nach Schweden unternommen haben. Ihr seid die Besten!

Bleibt hoffnungslos romantisch … Love, Finny

BONUS & MEHR VON FINNY LUDWIG

Ich hoffe sehr, dass dir die Geschichte von Inger und Mats gefallen hat und du eine großartige Zeit im schwedischen Lillaström verbracht hast. Melde dich auf meiner Website zum Newsletter an und erhalte exklusiven Zugriff auf den Bonusbereich, wo dich ein Bonuskapitel zu »**Knistern im Herbstlaub**« erwartet. Wenn du gern mehr über mich, meine Bücher und meine neuesten Projekte erfahren möchtest, lade ich dich ein, meine Website zu besuchen:

www.finny-ludwig.de

WEITERE ROMANE VON FINNY LUDWIG

- *Ein Holzkopf zum Verlieben*
- *Baustelle: Liebe! Ein Tor auf Umwegen*
- *Single Hike – Ein Hinterwäldler zum Küssen*
- *Wer ist Paul? Liebe und andere Missverständnisse*

- *Kekse Küsse Mühlenzauber (Sweet Kiss 1)*
- *Freunde Küsse Liebeszauber (Sweet Kiss 2)*
- *Fremde Küsse Winterzauber (Sweet Kiss 3)*
- *Hoffnung Küsse Sternenzauber (Sweet Kiss 4)*
- *Träume Küsse Schicksalszauber (Sweet Kiss 5)*

- *Deal oder Liebe (Heartwell Tales 1)*
- *Rache oder Liebe (Heartwell Tales 2)*
- *Lüge oder Liebe (Heartwell Tales 3)*
- *Chaos oder Liebe (Heartwell Tales 4)*

- *All for Love – Lisa & Sam (Big Lake Romance 1)*
- *All for Love – Phoebe & Luke (Big Lake Romance 2)*
- *All for Love – Gwen & Daniel (Big Lake Romance 3)*